Titre original: Sinful Treasure
Copyright © 2011 Tina Folsom
Édité par Anne-Lise Pellat et Vanessa Merly

© Tina Folsom 2025, pour la présente traduction

Photo de l'Auteure : Marti Corn Photography

DU MÊME AUTEUR

Les Vampires Scanguards
La belle mortelle de Samson (#1)
La provocatrice d'Amaury (#2)
La partenaire de Gabriel (#3)
L'enchantement d'Yvette (#4)
La rédemption de Zane (#5)
L'éternel amour de Quinn (#6)
Les désirs d'Oliver (#7)
Le choix de Thomas (#8)
Discrète morsure (#8 ½)
L'identité de Cain (#9)
Le retour de Luther (#10)
La promesse de Blake (#11)
Fatidiques Retrouvailles (#11 ½)
L'espoir de John (#12)
La tempête de Ryder (#13)
La conquête de Damian (#14)
Le défi de Grayson (#15)
L'amour interdit d'Isabelle (#16)
La passion de Cooper (#17)
Le courage de Vanessa (#18)
La séduction de Patrick (#19)
Ardent désir (Nouvelle)

Les Gardiens de la Nuit

Amant Révélé (#1)

Maître Affranchi (#2)

Guerrier Bouleversé (#3)

Gardien Rebelle (#4)

Immortel Dévoilé (#5)

Protecteur Sans Égal (#6)

Démon Libéré (#7)

Les Vampires de Venise

Nouvelle 1 : Raphael & Isabella

Nouvelle 2 : Dante & Viola

Nouvelle 3 : Lorenzo & Bianca

Nouvelle 4 : Nico & Oriana

Nouvelle 5 : Marcello & Jane

Hors de l'Olympe

Une Touche de Grec (#1)

Un Parfum de Grec (#2)

Un Goût de Grec (#3)

Un Souffle de Grec (#4)

Nom de Code Stargate

Ace en Fuite (#1)

Fox en Vue (#2)

Yankee dans le Vent (#3)

Tiger à l'Affût (#4)

Hawk en Chasse (#5)

La Quête du Temps

Changement de Sort (#1)

Présage du Destin (#2)

Thriller

Témoin Oculaire

Le club des éternels célibataires

L'escort attitrée (#1)

L'amante attitrée (#2)

L'épouse attitrée (#3)

Une folle nuit (#4)

Une simple erreur (#5)

Une Touche de feu (#6)

LORENZO & BIANCA

LES VAMPIRES DE VENISE - TOME 3

TINA FOLSOM

1

Venise, Italie — *début des années 1800*

Lorenzo était en retard, mais il était sûr que ses amis lui pardonneraient, compte tenu de la bonne nouvelle qu'il avait.

Quelques semaines plus tôt, l'attaque d'un Gardien avait failli tuer l'un des leurs. Comme les Gardiens des Eaux Sacrées, la société secrète des chasseurs de vampires de Venise, devenaient de plus en plus audacieux dans leurs tentatives d'éradication de tous les vampires de la ville insulaire, ses collègues vampires et lui avaient décidé de prendre des mesures drastiques pour se protéger contre leur menace.

Dante, son meilleur ami, avait proposé d'acheter toutes les habitations du pâté de maisons autour duquel son frère Raphael et lui vivaient, et de transformer cette zone d'habitations en une sorte de forteresse : dix maisons dans cette rue, dix dans la rue derrière eux, et quatre dans chacune des allées latérales qui complétaient le rectangle. En achetant les maisons limitrophes, ils pourraient créer des passages secrets entre les bâtiments, et ainsi se rencontrer sans avoir à sortir dans les rues ou les canaux. Cela leur permettait également de s'échapper facilement et de se secourir mutuellement pendant la journée sans être exposés aux rayons brûlants du soleil.

Ce soir, ils s'étaient réunis pour la deuxième fois afin de discuter de la stratégie à adopter pour atteindre leur objectif.

Lorenzo souriait intérieurement tandis qu'un serviteur ouvrait la lourde porte d'entrée de la maison de Dante et Raphael. Il avait une longueur d'avance. Ses amis seraient très contents de lui.

L'air de la nuit était glacial, et, bien que son corps de vampire ne soit pas aussi sensible au froid que celui des humains, il n'aimait pas l'air humide et glacial qui atteignait ses poumons lorsqu'il inspirait. Il préféra de loin l'odeur subtile du feu de bois du salon qui flottait dans ses narines lorsqu'il pénétra à l'intérieur. Il tendit ses gants au serviteur et le laissa prendre la lourde cape noire sur ses épaules. Les serviteurs humains étaient choisis avec soin et venaient souvent de la même famille qui servait fidèlement ses maîtres, emportant leurs secrets dans la tombe. Pour cela, ils étaient extraordinairement bien payés. La loyauté n'était pas bon marché.

Son ouïe sensible avait déjà capté les voix de ses amis. Son odorat amélioré lui permettait de les distinguer davantage : ils étaient une douzaine à être rassemblés.

Lorenzo entra dans le salon et balaya la pièce du regard. Outre les frères Dante et Raphael et leurs épouses Viola et Isabella, plusieurs de ses collègues vampires étaient présents : Nico, Silvano, Enrico, Francesco, Paolo, Andrea, Carlo et Marcello. Il y avait plus de vampires à Venise, mais ceux qui étaient rassemblés représentaient les chefs des différents clans. Ils donnaient des instructions à leurs disciples sur ce qu'ils devaient faire.

Comme à l'accoutumée, ses narines s'agitèrent lorsqu'il perçut l'odeur d'Isabella. La femme de Raphael était la seule humaine parmi eux, et son parfum délicieux lui donnait toujours des démangeaisons aux gencives et des picotements aux crocs. Son ami était un sacré veinard. Lorenzo n'appréciait pas les pièges du mariage, mais boire à une humaine sans avoir à utiliser ses pouvoirs pour faire oublier à la femme ce qu'il lui faisait, c'était un plaisir auquel il n'avait jamais pris part. L'idée d'avoir une femme humaine sous lui et de la baiser alors qu'elle lui offrait volontairement son cou, parfaitement consciente de ses intentions, le faisait bander.

— Bonsoir, messieurs, dit-il plus fort que nécessaire pour essayer de se distraire de ses pensées de débauche.

Cela ne servit pas à grand-chose. Il devrait sortir plus tard et assouvir son désir avec n'importe quelle catin qu'il pourrait trouver à une heure aussi tardive. Bien qu'il n'aurait aucun mal à trouver une femme consentante qui le laisserait la baiser, la dose de sang devrait être prise grâce à ses pouvoirs de persuasion, ce qui effacerait les souvenirs de son acte. Dommage, car la morsure d'un vampire ne faisait qu'augmenter l'excitation, aussi bien chez l'hôte que chez le vampire.

— Quelqu'un t'a attaché au lit ? lui demanda Dante en le regardant avec un gloussement.

— On dirait plutôt qu'il avait besoin de quelques secondes, ricana Nico.

L'appétit de Lorenzo pour les femmes était bien connu de ses amis, et au lieu de s'agacer de leurs petites plaisanteries ici et là, il les portait comme des médailles d'honneur.

— Elle ne pouvait tout simplement pas se passer de moi, mentit-il en faisant éclater de rire l'assemblée.

Il y eut même une lueur dans les yeux d'Isabella. Il lui fit un clin d'œil bon enfant.

— Mais je devais aussi m'occuper de son amie.

Le deuxième mensonge lui valut une réplique encore plus forte.

— Ça, c'est mon pote ! proclama Paolo en se tapant la cuisse.

En général, ce que Lorenzo disait à ses amis était la stricte vérité, mais il avait eu des choses plus importantes à faire ces dernières heures. Les négociations qu'il avait entamées avaient pris plus de temps que prévu et ne lui avaient pas permis de s'adonner à son passe-temps favori : les femmes.

— Trouve-toi un siège, dit Raphael. Nous avons commencé sans toi. Il va falloir rattraper le temps perdu.

Lorenzo rayonnait.

— Ce n'est pas nécessaire.

Plusieurs regards se posèrent sur lui, brillants de curiosité. Lorenzo n'attendit pas leurs questions, trop excité à l'idée de communiquer sa nouvelle.

— J'ai acheté une maison.

Il voyait bien que Dante voulait se lever de son siège, mais Viola, sa charmante épouse, lui posa la main sur la cuisse.

— Félicitations, Lorenzo ! dit-elle en souriant.

— Merci, Viola. C'est très gentil de ta part.

— Ne fais pas durer le suspense, se plaignit Nico. Où se trouve-t-elle ?

Lorenzo sourit et fit un signe vers l'est.

— Deux portes plus bas.

Soudain, l'appréhension de Dante se transforma en admiration.

— Comment as-tu fait ? Si je ne me trompe pas, le propriétaire est mort il y a seulement trois jours. J'allais approcher ses héritiers dans les prochains jours.

— Je t'ai devancé, mon vieil ami. Il s'avère que j'avais acheté l'une des hypothèques de cet homme.

— C'était un joueur ? intervint Raphael.

Lorenzo acquiesça.

— Un mauvais en plus. Dès qu'il est mort, j'ai approché son notaire et je lui ai fait comprendre qu'il serait plus avantageux pour l'héritière que je reçoive la maison en échange de l'hypothèque, étant donné que son montant valait plus que la maison. J'ai ajouté une petite somme pour apaiser le notaire et une somme un peu plus importante pour l'héritière.

— Et l'héritière a accepté ? demanda Dante en haussant un sourcil en signe d'interrogation.

Lorenzo croisa les bras sur sa poitrine, pleinement satisfait de son exploit.

— Elle n'a pas le choix. Elle n'a rien d'autre à hériter que les dettes de son père, dont je me suis occupé. L'avocat lui expliquera tout cela lorsqu'elle arrivera à Venise. Je suis sûr que cela ne posera aucun problème. De toute façon, le notaire avait l'autorisation d'exécuter le contrat.

— Excellent ! s'écria Dante en se levant pour lui donner une tape sur l'épaule. Je te félicite pour ton initiative.

Puis il se tourna vers les autres hommes de la salle.

— C'est exactement ce que j'attends du reste d'entre vous. N'attendez pas qu'une maison soit mise en vente. Faites une offre. Nous avons les fonds nécessaires pour y parvenir. Il y a vingt-huit maisons dans ce quartier et dans celui qui se trouve derrière nous. Nous devons posséder chacune d'entre elles si nous voulons être sûrs d'être protégés des Gardiens.

Ils hochèrent tous la tête avec enthousiasme.

— Quand emménages-tu ? demanda Nico.

— Ce vendredi soir.

Nico et Dante échangèrent un regard conspirateur.

— Je suis sûr que nous trouverons un cadeau de pendaison de crémaillère approprié pour toi, n'est-ce pas, Nico ?

Dante sourit d'une oreille à l'autre et reçut en réponse le même sourire malicieux de la part de Nico.

Lorenzo se contenta de secouer la tête. Il pouvait être sûr que ce que ses amis avaient en tête serait soit un péché, soit un divertissement, et s'il avait de la chance, les deux.

2

Bianca Greco regarda une fois de plus par-dessus son épaule avant de tourner la clé dans la serrure rouillée et de prier pour la première fois depuis de nombreuses années. Le cliquetis annonça que sa prière avait été exaucée : la vieille clé fonctionnait toujours. Personne n'avait changé les serrures.

Avant que la chance ne tourne, elle se glissa dans son ancienne maison et ferma la porte derrière elle. Enfin, elle put respirer à nouveau.

Dès qu'elle avait appris la nouvelle de la mort subite de son père, Bianca avait fait ses valises et s'était rendue à Venise. Mais malgré son départ précipité, le voyage avait duré plusieurs jours, la faute à la boue de la route. Elle était arrivée trop tard.

Le notaire, Monsieur Mancini, lui avait annoncé avec un sourire radieux qu'il avait réussi à vendre la maison de son père et même à soutirer un peu d'argent à l'acheteur, qui avait gracieusement remboursé toutes les dettes de son père. D'après le notaire, elle aurait dû se réjouir d'avoir reçu quoi que ce soit, d'autant plus que les dettes dépassaient largement la valeur de la maison.

Mais Bianca était furieuse. Et le Signore Mancini avait simplement supposé qu'elle était contrariée parce que c'était autrefois sa maison et qu'elle y avait des souvenirs heureux. Bah ! Les quelques souvenirs heureux qu'elle avait eus dans sa maison remontaient à sa petite enfance. Mais, dès qu'elle était devenue une jeune femme à la taille fine, aux hanches larges et à la poitrine généreuse, son père avait fait venir les prétendants par bateaux entiers.

C'était devenu une vente aux enchères de bétail. Elle était le bétail à vendre au plus offrant. Elle pouvait encore sentir la déception sur ses lèvres lorsqu'elle avait supplié son père de lui choisir un bon mari. Il s'était contenté de la regarder de ses yeux froids et de lui ordonner de se taire. Il ne restait rien du doux père sur les genoux duquel elle s'asseyait pendant des heures lorsqu'elle était enfant. Il s'était mis à vouloir s'élever dans la société vénitienne et il allait le faire sur le dos de Bianca en la mariant au prétendant le plus influent.

Elle a fait la seule chose qu'elle pouvait faire : elle s'était enfuie.

Après avoir volé suffisamment de pièces dans la bourse de son père pour pouvoir rejoindre le continent, Bianca était arrivée jusqu'à Florence avant d'être à court d'argent. Sans compétences ni talents pour subvenir à ses besoins, elle a fait la même chose que son père avait essayé de faire pour elle : vendre son corps.

Grâce à ses manières raffinées et à sa beauté, elle avait attiré l'attention d'un riche bienfaiteur qui en avait fait sa courtisane. Lorsqu'il s'était lassé d'elle, il l'avait confiée à l'un de ses amis. Si les hommes que Bianca avait fréquentés l'avaient bien traitée et lui avaient assuré un bon train de vie, elle ne se faisait pas d'illusions sur ce qu'elle était : une prostituée.

Le fait qu'elle n'ait pas exercé son métier dans les rues sombres et dans des chambres miteuses louées à l'heure ne diminuait pas son sentiment de saleté. Et, bien qu'elle ait trouvé les relations avec les hommes agréables et qu'elle ait beaucoup appris sur la façon de plaire à un homme et sur la façon dont un homme pouvait plaire à une femme, elle n'avait jamais aimé aucun d'entre eux. Personne n'avait jamais vu ce qui se cachait sous la surface de la belle courtisane ni ce qui touchait son cœur. Car tout ce qu'ils voyaient, c'était la carapace, le corps qui les aveuglait, la façade qu'elle avait érigée pour se protéger et protéger la femme qui était en elle. Celle que son père avait trahie.

Non, Bianca ne voulait pas de la maison. Mais elle voulait ce qu'elle contenait : le trésor dont son père avait parlé il y a tant d'années. Elle se souvenait parfaitement de ses paroles.

— C'est un grand trésor, avait-il déclaré alors qu'elle était assise sur ses genoux lorsqu'elle était petite fille. Et si je le vendais à la bonne personne, il nous rapporterait plus d'argent que nous ne pourrons jamais obtenir pour cette maison.

— Plus que pour notre maison ? s'étonna-t-elle. Mais c'est une grande maison !

— Oui, répondit-il en souriant. Mais le trésor vaut plus.

— Il doit être énorme, le trésor.

Son père avait secoué la tête.

— Non, c'est petit. C'est pourquoi il est si facile à cacher.

— Où est-il ? avait-elle lancé.

— C'est un secret. Personne ne doit savoir qu'il existe. S'ils le savent, ils nous feront du mal.

— Chut, avait-elle murmuré. Tu peux me le chuchoter.

Mais son père n'avait jamais révélé la cachette, ni même la composition du trésor. Peut-être n'était-ce qu'une histoire pour distraire une fillette de dix ans. Mais elle ne pouvait pas l'ignorer. Si le trésor existait vraiment, il devait se trouver dans la maison. Et elle devait le trouver. C'était son seul moyen de sortir de sa vie actuelle. Elle n'allait pas rester une courtisane pour toujours et donner son corps à des hommes qu'elle n'aimait pas.

Bianca posa son sac sur le sol à côté d'elle et s'aventura dans la maison. Tout était encore pareil : les meubles, les tableaux, les tapis. Même les verres en cristal du salon où son père aimait boire sa Grappa étaient toujours à la même place. Monsieur Mancini lui avait dit que l'homme qui avait acheté la maison avait insisté pour garder les meubles et tout le reste. Lorsqu'elle lui avait demandé quand le nouveau propriétaire allait s'installer dans la propriété, il avait haussé les épaules et déclaré que l'homme ne semblait pas particulièrement pressé.

Étant donné que l'achat n'avait été enregistré dans les registres de la ville que cet après-midi-là, Bianca pensait que le nouveau propriétaire attendrait probablement jusqu'à lundi pour embaucher des ouvriers qui nettoieraient les lieux et apporteraient ses propres affaires dans la maison. Aucun Italien n'aimait travailler le week-end, pas même les classes les plus pauvres. Cela signifiait qu'elle aurait le week-end pour fouiller la maison de fond en comble et tout démonter pour trouver ce que son père appelait le « trésor ».

Bianca monta l'escalier grinçant, sa longue robe ramassant la poussière sur son passage. Manifestement, les domestiques de son père avaient négligé la maison avant sa mort, car il était impossible qu'une telle quantité de poussière s'accumule en une semaine. À présent, la maison était silencieuse, dépourvue de toute vie. Les domestiques étaient partis, probablement heureux que le notaire leur ait versé leurs arriérés de salaire. Elle ne serait pas surprise qu'ils aient emporté une partie de l'argenterie.

D'une certaine manière, elle était heureuse que les choses se soient passées ainsi. Si les domestiques de son père avaient encore occupé la maison, elle aurait dû se faufiler partout en essayant de cacher ce qu'elle faisait. La maison étant vide, elle pouvait mener ses recherches ouvertement.

Bianca frissonna en arrivant dans le couloir de l'étage. Le temps était couvert et, maintenant que le soleil était sur le point de se coucher, l'humidité s'insinuait dans la maison et s'y installait. Si elle voulait rester dans la maison pour le week-end, il lui faudrait allumer au moins un ou deux feux. Elle passa devant la porte de la chambre de son père, mais décida de ne pas y entrer. Elle n'avait aucune envie de se souvenir de lui aussi intensément.

Au lieu de cela, elle ouvrit la porte suivante et entra dans l'ancienne chambre de sa mère. C'était comme si elle était morte hier, et pourtant, cela faisait plus de dix ans. Son père avait toujours veillé à ce que les domestiques nettoient et aèrent sa chambre au moins une fois par semaine, comme s'il s'attendait à ce qu'elle revienne. Elle jeta un coup d'œil autour d'elle. Des draps frais ornaient le grand lit à baldaquin et du bois était empilé près de la cheminée, prêt à être brûlé par une servante.

Le peu de lumière qui pénétrait par la fenêtre suffit à Bianca pour se voir dans le miroir. Elle avait l'air effrayée. Le fait d'avoir voyagé toute la journée, d'abord dans une diligence sale, puis sur un bateau qui tanguait, l'avait ébranlée. Elle n'avait pas eu le temps de se laver depuis. Le chignon soigné dans lequel ses longs cheveux noirs avaient été domptés n'était plus la coiffure élégante qu'elle avait été. De petites mèches de boucles noires tombaient sur son cou et ses épaules. Sa robe bleu foncé était poussiéreuse et son ourlet était couvert de boue. En soulevant légèrement sa robe, elle s'aperçut que ses bottes n'étaient pas en meilleur état.

Même si elle voulait commencer les recherches tout de suite, Bianca ne pouvait s'empêcher d'avoir envie d'un bain chaud pour enlever la crasse du voyage sur son corps. De plus, elle devait allumer un feu pour réchauffer la pièce afin de ne pas mourir de froid pendant la nuit.

Avec un lourd soupir, elle s'approcha de la cheminée et s'agenouilla. Malgré son éducation privilégiée, elle savait comment allumer un feu. Dès le début de son séjour à Florence, elle avait appris tout ce dont elle avait besoin pour survivre. Il ne lui fallut pas longtemps pour allumer un feu. Elle plaça deux grosses bûches sur les flammes et recula. Dans une heure, la pièce serait agréablement chaude.

Entre-temps, elle était redescendue et s'était dirigée vers la cuisine. La cuisinière était en fonte. Elle devait y allumer un feu si elle voulait de l'eau chaude pour un bain rapide. En pompant l'eau de la pompe à main, elle remplit plusieurs grandes marmites qu'elle plaça sur la surface de la cuisinière, puis elle y alluma le feu.

La sueur s'accumulait déjà sur son front à force de soulever les lourdes marmites pour les poser sur la cuisinière. Il serait encore plus difficile de les enlever une fois l'eau bouillante. Il était hors de question qu'elle les porte jusqu'à l'étage, dans la petite salle de bain située à côté de la chambre de sa mère. À la place, elle utiliserait la baignoire qui se trouvait dans la pièce à côté de la cuisine où les domestiques faisaient la lessive. Ce serait suffisant pour la nuit.

3

Lorenzo avait prévu d'arriver à sa nouvelle maison juste après le coucher du soleil, mais ses amis avaient contrecarré ses efforts pour prendre possession de sa nouvelle résidence en convoquant une autre réunion pour discuter plus en détail de l'acquisition des vingt-six maisons restantes sur le périmètre désigné. Il n'avait écouté qu'à moitié, impatient d'inspecter sa nouvelle demeure. Après tout, il l'avait achetée à l'improviste. Il n'avait jamais mis les pieds à l'intérieur. D'après ce qu'on lui avait indiqué, l'endroit était en ruine.

Le notaire lui avait pourtant assuré que la propriété était habitable et ne nécessitait que quelques travaux de nettoyage. Cela n'avait pas beaucoup d'importance pour Lorenzo. Il allait de toute façon modifier l'intérieur. Pour commencer, des sorties cachées devraient être incorporées dans la disposition de la maison, et, une fois que la maison entre la sienne et celle des frères Dante et Raphael serait entre ses mains, des tunnels de connexion seraient construits entre les maisons. Bien entendu, il ne s'agirait pas de véritables tunnels, mais de passerelles couvertes, en surface. Toute tentative de creuser sous le niveau des canaux entraînerait une inondation immédiate. Mais ces passerelles seraient utiles, car elles leur permettraient de se déplacer pendant la journée.

Il était bien plus de minuit lorsque Lorenzo atteignit la porte d'entrée de sa nouvelle maison et tourna la clé. L'odeur qui l'accueillit n'était pas celle qu'il attendait d'une maison inoccupée. Elle était accueillante et lui donna instantanément l'impression d'être chez lui. Et il comprit immédiatement pourquoi : quelque part dans la maison, un feu brûlait dans une cheminée. Il n'était pas seul.

Déposant son sac de voyage dans l'entrée, il inspira profondément les différentes odeurs de la maison : fumée, savon, poussière, moisissure. Et une autre odeur, très faible, de quelque chose de tout à fait inattendu.

Un sourire se dessina sur ses lèvres. Dante et Nico étaient les meilleurs. Ils le connaissaient trop bien, et il n'y avait aucun doute dans son esprit sur ce qu'ils lui avaient offert comme cadeau de pendaison de crémaillère. Une pendaison de crémaillère des plus chaleureuses.

Lorenzo suivit l'odeur séduisante à l'étage et le long du couloir. Devant une porte, il s'arrêta et inspira à nouveau. Oui, son cadeau était juste derrière cette porte, il l'attendait. Ses oreilles captaient tous les bruits, mais derrière la porte, le silence régnait, à l'exception du crépitement du feu.

Silencieusement, il tourna le bouton de la porte et l'ouvrit doucement, se glissant à l'intérieur de la pièce presque obscure. Seul le faible feu de la cheminée apportait un peu de lumière, mais la vision nocturne supérieure de Lorenzo n'avait pas besoin d'une lumière vive pour distinguer les contours de son cadeau.

Là, dans la chambre entièrement féminine qui avait dû appartenir à la maîtresse de maison, une jeune femme somnolait sous les draps. Ses cheveux noirs s'étalaient en éventail comme une auréole autour de son visage de porcelaine, ses lèvres étaient légèrement entrouvertes, son souffle l'incita à s'approcher.

Il se demanda quelle était la couleur de ses yeux. Peut-être aussi foncés que ses cils épais, qui semblaient si longs qu'ils caressaient ses joues.

Pourquoi Nico et Dante l'avaient-ils gardé si longtemps alors qu'ils savaient que cette beauté captivante l'attendait ? Il était inexcusable de laisser une femme comme elle attendre et de ne pas lui accorder l'attention qu'elle méritait. Il avait bien l'intention de se rattraper.

Sans faire de bruit, Lorenzo enleva sa cape et la laissa tomber sur une chaise voisine avant de se débarrasser de sa chemise. Lorsqu'il ouvrit le bouton supérieur de sa culotte, il se rendit compte qu'il bandait déjà. Il se dépouilla de son pantalon et de ses chaussures, qu'il plaça à côté du reste de ses vêtements. Puis il regarda la femme endormie dans son lit et toucha son sexe, essayant de relâcher un peu la tension.

Son excitation était forte et irrépressible. Même s'il aimait la regarder, ce qu'il voulait encore plus, c'était la toucher. Et puis la réveiller. La baiser. La mordre. Pas nécessairement dans cet ordre.

Lorenzo relâcha son érection et souleva la couverture, révélant davantage le corps de la femme. Elle portait une chemise de nuit qui révélait plus qu'elle ne cachait. Le fin tissu lilas était pratiquement transparent, mettant en évidence ses mamelons foncés. À chaque respiration, ses seins pleins se soulevaient et pressaient les petits bourgeons contre le tissu, comme si l'action de frottement les rendait durs.

Il se lécha les lèvres à cette vue et se laissa glisser sur le lit. Ses yeux continuèrent à parcourir le corps de la jeune femme, passant sur sa taille fine et descendant plus bas. Une touffe de poils foncés brillait à travers le tissu, à l'endroit où ses cuisses se rejoignaient. Légèrement écarté, son sexe était ouvert à l'exploration s'il le souhaitait.

Sa chemise de nuit était remontée, révélant une cuisse laiteuse, à la peau rose et sans tache, tonique, mais pas musclée. Il était certain que ces cuisses l'agripperaient fermement lorsqu'il se jetterait sur elle. Ce n'étaient pas les cuisses d'une vierge.

Lorenzo força de nouveau son regard à remonter, au-delà de sa chatte tentante et de ses seins pulpeux, jusqu'à ce petit creux à la base de son cou. Gracieuse, élégante. Elle était tout cela et plus encore. La longue colonne de son cou criait presque pour être mordue, et ses oreilles étaient petites et joliment formées, prêtes à être mordillées.

Il devait reconnaître que Nico et Dante savaient ce qu'il aimait chez une femme. Et cette fois, ils s'étaient surpassés. Il devrait les remercier pour ce cadeau attentionné — plus tard. Après l'avoir dévorée et s'être rassasié d'elle. Et il n'allait pas attendre une seconde de plus, qu'elle se réveille pendant qu'il la touchait ou non. En fait, il aimait l'idée qu'elle ne se réveille qu'une fois qu'il l'aurait pénétrée.

Il l'exciterait pendant qu'elle dormait, puis la prendrait et continuerait quand elle se réveillerait dans ses bras, surprise et ravie de la maîtrise qu'il avait de son corps.

Lorenzo laissa ses doigts glisser légèrement sur ses seins, faisant frotter le tissu plus étroitement contre ses mamelons. Même à travers le tissu, il sentait la chaleur de son corps et la sensibilité de sa peau à son contact. Sans hâte, il l'explora. Ses yeux cartographièrent son corps en vue d'une conquête ultérieure, tandis que ses mains allaient de l'avant pour toucher ses courbes luxuriantes. Ses seins étaient fermes et bien placés sur sa poitrine, preuve d'un corps jeune et bien entretenu. Alors qu'il pressait légèrement l'un des globes ronds, un souffle doux passa ses lèvres et rebondit contre lui. Le goût de la menthe et de la vanille le submergea et il s'arrêta un instant.

Menthe et vanille — des senteurs qu'il associait à l'innocence alors qu'il savait que la femme dans son lit était loin d'être innocente. Ses amis l'avaient achetée pour la nuit afin qu'elle lui fasse plaisir avec son corps. Et bien qu'elle n'ait pas l'air d'avoir été bon marché, ce n'était pas une innocente, mais une séductrice aussi sophistiquée que les professionnelles pouvaient l'être. Sa chemise de nuit en témoignait. Mais, même s'il l'aimait bien, elle devait disparaître.

Lorenzo voulait régaler ses yeux de sa peau, de ses courbes, de son sexe. Il ne voulait rien qui entrave sa bouche et ses mains, aucune barrière, pas même aussi fine que le tissu de sa robe. Maintenant qu'il regardait de plus près, il vit trois rubans violets qui retenaient la chemise de nuit sur le devant. En fait, on aurait dit que chemise de nuit n'en était pas vraiment une, mais plutôt un peignoir destiné à être porté par-dessus quelque chose d'autre.

L'avait-elle attendu seulement vêtue de cette robe de chambre fragile, voulant qu'il dénoue simplement ces trois rubans avant de la jeter sur le lit et d'enfoncer sa queue en elle ? Était-ce là son intention ?

Un cadeau pour lequel il n'aurait eu qu'à dénouer trois rubans violets ? C'était tout à fait approprié.

Lorsqu'il relâcha le ruban du haut, la vallée entre ses seins fut mise à nu. Il ne pouvait pas s'en empêcher : il devait la goûter. Il plongea sa tête entre ses seins et ses lèvres effleurèrent sa peau douce en déposant un léger baiser à cet endroit. Lorsqu'il inspira, il sentit le savon qu'elle avait utilisé récemment. C'était le même parfum qu'il avait senti en entrant dans la maison. Apparemment elle avait pris un bain ici. Il appréciait le geste. Il aimait les femmes propres, et si elle s'était lavée, cela signifiait qu'elle serait plus qu'heureuse qu'il goûte à sa belle chatte, ce qu'il était plus qu'impatient de faire.

Mais il ne fallait pas qu'il s'emballe. D'abord, il devait déballer complètement son cadeau et ne pas agir comme un petit garçon qui déchirerait l'emballage, trop impatient de voir ce qu'il y avait dessous. Non, il voulait la sortir de l'emballage, révéler chaque centimètre de son corps à son regard affamé. Il voulait se délecter de l'anticipation, parce qu'il savait qu'il aurait un orgasme bien plus fort si seulement il se permettait d'attendre jusqu'au dernier moment.

Et elle était d'une beauté stupéfiante. Lorsque Lorenzo eut dénoué le dernier ruban, il fit glisser chaque côté de la robe vaporeuse sur le côté et la mit à nu. Ses seins étaient aussi beaux qu'il l'avait imaginé, mais, lorsque son regard parcourut son ventre plat et descendit jusqu'à l'endroit d'où émanait son parfum de femme, son cœur faillit s'arrêter.

Son sexe était protégé par un triangle de poils noirs soigneusement taillés, mais plus courts et plus fins que ceux qu'il avait l'habitude de voir chez les autres femmes. Elle les avait façonnés en une longue bande, un peu plus large en haut, mais s'amincissant vers le bas, presque comme une flèche indiquant la direction à suivre.

Même s'il n'avait pas besoin d'indications.

Sa main suivit la flèche des poils et se glissa entre ses jambes écartées. Son sexe était humide, soit à cause de son récent bain, soit peut-être déjà à cause de son excitation. Lorenzo jeta un coup d'œil sur son visage, mais ses yeux étaient fermés et sa respiration était régulière.

Il sourit, appréciant le fait qu'elle soit encore endormie, ce qui lui donnait l'occasion d'explorer à loisir. Il plongea à nouveau la tête vers ses seins et passa sa langue sur un mamelon dur. Il aimait ce bouton dur qui frôlait sa langue et en prit une autre avant de refermer ses lèvres autour et de le sucer.

Mais sa main n'était pas inactive non plus. Il frotta un doigt contre ses plis féminins, sentant l'humidité se répandre sous ses doigts. Elle se déplaça sous lui et il comprit que c'était pour ouvrir davantage ses jambes et lui donner un meilleur accès. Il la remercia en suçant plus fort son mamelon avant de le relâcher et de passer à l'autre sein auquel il fit subir le même traitement.

Qu'il lui suce les seins ou que son doigt la caresse doucement, sa chatte s'humidifiait de plus en plus. Il la balaya du bout du doigt et remonta vers le haut, trouvant le petit paquet de chair qui émergeait de son capuchon. Il glissa son doigt humide dessus et l'entendit simultanément gémir.

Elle lui répondait dans son sommeil. Sans inhibition, comme il l'aimait. Son arôme, qui flottait dans ses narines, faisait palpiter sa queue par anticipation. Bientôt, se promit-il. Dès qu'il l'aurait goûtée.

Lorenzo glissa vers le bas et s'installa entre ses cuisses. En les écartant davantage, il ouvrit sa chatte à sa vue. La belle chair rose scintillait dans la lumière de la cheminée comme si des flammes dansaient à sa surface. Il approcha ses lèvres de son sexe et le lécha. Lorsque le jus de la chatte toucha le dos de sa langue, il inspira bruyamment et ferma les yeux. Mon Dieu, elle avait un goût de paradis.

4

Bianca avait toujours eu tendance à faire des rêves érotiques, mais celui-ci était meilleur que tous les précédents. Peut-être était-ce l'épuisement des jours de voyage qu'elle avait derrière elle, ou l'excitation de retourner à Venise pour commencer une nouvelle vie avec ce qu'elle trouverait dans sa maison, mais tout son corps semblait bourdonner de plaisir. Pas le genre de plaisir précipité que certains de ses anciens amants lui avaient accordé, mais le rythme tranquille d'un amant qui a tout son temps.

Et elle n'avait pas l'intention de le brusquer.

C'était un rêve auquel elle accorderait toute son attention, sans précipiter les choses. Parce que chaque caresse était parfaite, chaque contact avec les mains et la bouche de son amant de rêve un plaisir aussi somptueux que n'importe quel buffet des plus grands bals de Florence.

Bianca avait pris conscience de son rêve lorsqu'elle avait senti quelque chose d'humide et de chaud lécher son mamelon. Quelques secondes plus tard, des lèvres fermes s'étaient refermées sur son petit bouton et avaient tiré, provoquant de délicieux picotements sur sa peau. Cette sensation, associée à la main qui jouait avec la chair douce entre ses jambes, lui donnait envie de hurler. Pourquoi aucun de ses vrais amants n'avait-il pu déclencher une telle passion en elle ? Pourquoi ne pouvait-elle évoquer de tels sentiments que dans ses rêves ?

Elle soupira lorsque son doigt glissa sur sa perle et l'enflamma encore plus. Son contact était doux, mais il y avait suffisamment de pression pour qu'elle se tortille presque à cause de l'intensité des sensations qu'il produisait dans son ventre. Elles étaient basses et profondes, comme si un feu grandissait, chaque flamme l'attisant davantage, chaque contact la rendant plus douce et plus réceptive. Elle avait rarement été capable de se laisser aller et de se perdre dans les sensations que son corps était en train de savourer. Elle avait toujours craint de se perdre, de donner quelque chose qu'elle ne voulait pas donner à ces hommes qui ne voulaient que son corps, qui ne s'intéressaient pas à elle en tant que personne.

Mais, dans son rêve, elle pouvait s'ouvrir à son amant, lui permettre de lui donner du plaisir, de lui montrer de quels sommets son corps était capable. Lorsqu'elle sentit des mains sur ses cuisses, elle s'ouvrit plus largement et le sentit s'installer entre ses jambes. Un instant plus tard, une chaleur l'envahit : sa bouche était sur son sexe, il la léchait, il lapait les sucs qui suintaient si librement d'elle, comme s'il en aimait le goût.

Bianca entendait même ses gémissements, le son guttural profond que seul un homme en proie à l'extase peut produire. Comme si c'était *elle qui le* suçait, et non l'inverse. Pourtant, son amant de rêve semblait prendre plus de plaisir à lécher sa perle qu'à faire aspirer sa queue dans sa bouche. Il n'y avait que dans un rêve que les choses peuvent être aussi parfaites.

Bianca se cambra à son contact, le poussant silencieusement à lui en donner plus, à la pousser plus haut. Il semblait la comprendre trop bien, car sa langue alla de l'avant et s'enfonça dans sa fente frémissante, remplissant ce vide béant qu'aucun autre homme n'avait jamais été capable de combler. Son dos se souleva du matelas et elle enfonça sa tête dans l'oreiller, incapable d'empêcher son corps de trembler.

La transpiration s'accumulait sur sa peau, les petites perles de sueur se concentraient dans le creux de ses seins avant de se transformer en ruisseau et de descendre le long de son ventre pour s'accumuler dans son nombril. Elle ne comprenait pas comment un rêve pouvait lui donner si chaud par une nuit si froide. Elle n'aurait pas eu besoin du feu qu'elle avait allumé dans la cheminée si elle avait su qu'un amant de rêve aussi talentueux lui rendrait visite et la couvrirait de ses attentions.

Sa langue, hérissée de pointes, alternait les poussées dans son canal humide et les léchages sur sa perle douloureuse, caressant le paquet de chair jusqu'à ce qu'elle supplie pour être libérée. Mais il ne lui accordait aucun répit. Chaque fois qu'elle était sur le point d'atteindre l'orgasme, il se retirait et se contentait de caresser langoureusement ses lèvres inférieures et d'absorber son jus avant de recommencer à taquiner son centre le plus sensible. C'est un peu comme s'il la préparait à une libération d'une ampleur inouïe.

Quand sa langue fit de nouveau le tour de sa perle, elle l'attrapa, décidée à le garder là et à ne pas le laisser s'échapper avant qu'il ne l'ait amenée au bord du gouffre. Ses doigts trouvèrent les cheveux épais qui recouvraient sa tête et s'y enfoncèrent tandis qu'elle l'enserrait et forçait sa bouche à la sucer plus fort.

— Encore ! s'écria Bianca.

Il succomba à son ordre, aspira le petit paquet de chair sensible entre ses lèvres et tira. Une flèche d'énergie traversa son cœur, la privant de son souffle. Haletante, elle le félicita :

— Oui, oui, c'est bien.

Et comme s'il avait compris ce qu'elle voulait, il tira plus fort. En même temps, il enfonça un doigt épais dans son canal. Elle sursauta sous l'effet de l'intensité — non, deux doigts. Il avait enfoncé deux doigts en elle pour étirer son canal serré. Son cœur battait frénétiquement tandis qu'il suçait sa perle, puis passait sa langue dessus à un rythme rapide. Ses doigts prirent le même rythme, pompant en elle, et elle ne put se retenir plus longtemps.

Elle sentit les vagues avant qu'elles ne la frappent, sentit son orgasme approcher avec un grondement profond et se laissa aller. Comme un énorme courant océanique, les sensations la noyèrent et l'emportèrent jusqu'à ce qu'elle ne sente plus que la douce chaleur apaisante de la langue de son amant qui continuait à taquiner les répliques de son corps épuisé.

Cela sembla durer une éternité jusqu'à ce qu'il lève enfin la tête de son sexe et permette à l'air de rafraîchir sa peau.

— Vous avez un goût délicieux.

La voix grave était proche et ne semblait pas faire partie de son rêve. Le corps de Bianca se crispa et ses yeux s'ouvrirent. Il lui fallut plusieurs secondes pour que sa vision s'adapte à l'obscurité de la pièce. Elle se trouvait toujours dans l'ancienne chambre de sa mère, mais elle n'était pas seule.

Un homme — un homme nu — surgit d'entre ses jambes. Ses cheveux noirs étaient ébouriffés comme si quelqu'un avait passé ses mains dedans. Ses lèvres brillaient d'humidité et ses yeux brillaient d'excitation.

L'amant de ses rêves était bien réel. Elle avait permis à un parfait inconnu — un homme qui s'était introduit dans sa maison — de lui faire l'amour !

Bianca se regarda et constata que le petit peignoir violet qu'elle avait mis au lit parce qu'elle avait négligé d'emporter une chemise de nuit dans sa hâte était ouvert sur le devant et que tout son corps était exposé à l'étranger, qui la regardait toujours. Ses yeux sombres étaient hypnotisants.

— Bien, vous êtes réveillée maintenant. Baisons.

Ses paroles brutales la tirèrent de sa transe momentanée. Elle s'éloigna de lui d'un coup sec, son dos rencontrant la tête du lit tandis qu'elle attrapait un oreiller et le pressait devant elle pour couvrir ses seins et son sexe exposé, incapable de presser ses cuisses l'une contre l'autre, puisqu'il les tenait toujours dans ses mains.

— Qui êtes-vous ? s'écria Bianca, dont les yeux allaient de chaque côté du lit, essayant de voir s'il y avait quelque chose qu'elle pourrait utiliser comme une arme contre lui.

L'inconnu se redressa, dévoilant un peu plus de son corps nu — plus que ce qu'elle voulait vraiment voir. Ses yeux s'attardèrent sur son ventre, puis descendirent jusqu'à l'endroit où son érection indiquait sans équivoque qu'il était venu pour la violer. Il était venu pour la violer !

— Lorenzo, bien sûr. Qui d'autre ?

Il y avait une pointe de confusion dans son ton.

Connaîtrait-elle quelqu'un du nom de Lorenzo ? Pendant une seconde, elle chercha dans sa mémoire, mais rien ne lui vint.

— Je suis désolé de vous avoir fait attendre, poursuivit-il.

— Attendez ?

La confusion s'installa dans son esprit. Que s'était-il passé ? S'était-elle évanouie ? Avait-elle pris rendez-vous avec quelqu'un qu'elle avait rencontré au cours de ses voyages ? Non. Elle était sûre que tout ce qu'elle avait fait était de parler à l'avocat, puis de venir à la maison pour trouver le trésor. Elle n'avait rencontré personne. Et si elle avait déjà rencontré ce très bel homme, elle s'en souviendrait sûrement.

Bianca frissonna légèrement. Oui, cet inconnu était beau. Dévastateur. Non seulement ses yeux sombres étaient hypnotisants, mais ses lèvres, encore humides de son jus, étaient tout à fait délectables. Sa crinière sombre de cheveux épais était douce comme de la soie, et, lorsqu'elle regardait son corps ciselé, elle ne pouvait que frissonner.

— Oui, je crains d'avoir été retardé. Si j'avais su que Dante et Nico vous avaient engagée pour moi, je serais arrivé plus tôt.

Ses doigts caressèrent plus haut sa cuisse, et Bianca recula, essayant de repousser sa main.

— Mais je suis là maintenant, et je vais me rattraper.

— Vous m'avez engagée ?

Un soupçon effrayant commençait à monter dans son ventre.

— Vous me prenez pour une pute ?

Était-ce ce que tout le monde pensait d'elle ? Était-ce écrit sur son visage ce qu'elle avait fait pendant toutes ces années ? Tout le monde pouvait le savoir ?

— Si vous voulez l'appeler autrement, je vous en prie, marmonna-t-il en s'excusant. Peut-être êtes-vous l'une des *amies de* Dante et Nico ?

— Qui sont Dante et Nico ?

Lorenzo soupira, comme s'il était fatigué de devoir lui expliquer quelque chose pour la centième fois.

— Mes amis. Ceux qui m'ont offert ce cadeau de pendaison de crémaillère.

Elle était en état de choc.

— Cadeau de pendaison de crémaillère ?

Sa voix semblait stridente dans sa propre tête.

— Je ne suis pas un cadeau de pendaison de crémaillère !

Les larmes menaçaient de remonter à la surface. Quelqu'un lui faisait une farce cruelle.

— Sortez de chez moi, Monsieur ! Maintenant, avant que j'appelle les carabiniers !

— Votre maison ? Madame, c'est ma maison. Donc, si quelqu'un doit partir, c'est vous.

Pendant une seconde, Bianca se contenta de le regarder. Elle comprit vite qu'il s'agissait de l'homme qui avait acheté la maison de son père ! C'était le nouveau propriétaire, et il était arrivé plus tôt qu'elle ne l'avait prévu.

Maintenant, elle était vraiment dans le pétrin. S'il était déjà en train de s'installer, comment pourrait-elle continuer à chercher le trésor ? Elle sentit son sang se vider de son visage tandis que la nausée menaçait de la submerger. Elle devait réfléchir rapidement. La seule chose qu'elle pouvait faire était d'essayer de bluffer pour s'en sortir. Mais elle ne quitterait pas cette maison avant d'avoir trouvé ce qu'elle était venue chercher. Quel qu'en soit le prix.

— Monsieur, c'est ma maison. Je l'ai héritée de mon cher père. Vous entrez par effraction. Partez !

Bianca leva le menton de la même manière qu'elle le faisait pour écarter les prétendants qui ne l'intéressaient pas. Lorsqu'elle croisa le regard de Lorenzo sur elle, elle fut surprise d'y voir une pointe de plaisir ainsi qu'un petit sourire jouant autour de ses lèvres délicieuses.

5

Le cœur de Lorenzo battait la chamade. La belle femme dans son lit n'était pas une pute. Et pour une raison étrange, cela le réjouissait. Cependant, cette nouvelle information n'avait rien fait pour faire baisser sa raideur enragée. Le fait d'avoir régalé sa douce chatte et de l'avoir fait jouir jusqu'à l'orgasme l'avait rendu encore plus excité que lorsqu'il l'avait vue pour la première fois dans son lit.

— Madame Greco ?

Elle hocha la tête.

— Bianca Greco.

— Lorenzo Conti, à votre service.

Il inclina légèrement la tête, mais ne fit rien pour couvrir son corps nu. Il avait vu la façon dont elle avait regardé sa queue, et franchement, il avait aimé ça. Et il n'allait pas la priver de ce spectacle, au mépris des convenances.

— Puis-je supposer que vous n'avez pas encore parlé à l'avocat de votre père, Monsieur Mancini ?

— Je ne suis arrivée qu'aujourd'hui, après avoir reçu la terrible nouvelle de la mort de mon cher père, répondit-elle en reniflant.

— Mes condoléances, Madame. Cependant, je dois vous informer que ce n'est plus votre maison.

— Mais... répliqua-t-elle avant de s'interrompre brutalement.

Lorenzo leva la main, réalisant soudain que son autre main était toujours agrippée à sa cuisse. Mais, tant qu'elle ne le remarquait pas, il n'allait pas la retirer.

— Madame Greco, j'ai acheté la maison à partir de la succession de votre père qui, en fait, n'était constituée que de dettes. Des dettes qui dépassaient de loin la valeur de cette maison.

Ses yeux s'écarquillèrent de surprise.

— Permettez-moi de vous assurer, Madame, que j'ai réglé ces dettes, mais j'ai pris la maison en échange de ces sommes d'argent. Elle est à moi.

— Je ne vous crois pas !

Elle souffla et croisa les bras autour de l'oreiller qui recouvrait son corps nu.

— Vous êtes entré ici par effraction, et maintenant vous essayez de mentir pour vous en sortir.

Lorenzo se leva d'un bond, outré. Personne ne l'avait traité de menteur. Sautant du lit, il se dirigea vers l'endroit où il avait laissé sa cape.

— Je vais vous le prouver, Madame.

Il fouilla dans ses vêtements et trouva le morceau de papier qu'il avait reçu plus tôt. Alors qu'il retournait vers le lit, il remarqua qu'elle baissait les paupières pour éviter de le regarder. Mais il l'avait déjà surprise. Elle n'avait pas seulement regardé son derrière quand il s'était éloigné, mais elle avait aussi admiré son devant pendant plus longtemps qu'aucune femme digne de ce nom ne l'admettrait. Et ses yeux brillaient de désir.

Il lui tendit le papier.

— Voici l'acte.

Elle le parcourut avant de le lui rendre. Puis elle croisa son regard. Elle avait les larmes aux yeux.

— Je ne partirai pas. C'est ma maison ! Le notaire n'avait pas le droit de la vendre.

Lorenzo plaça ses poings sur ses hanches, pleinement conscient d'engagement émotionnel. Les engagements émotionnels pouvaient vous faire tuer.

Ils avaient déjà failli le faire tuer une fois. Il ne commettrait pas la même erreur deux fois. Il valait mieux chasser cette femme de sa vie dès maintenant et ne pas regarder en arrière. Demain soir, elle ne serait plus qu'un lointain souvenir. Demain soir, il serait au lit avec une autre femme de petite vertu avant de passer à la suivante, sans même être tenté d'avoir la même femme deux nuits de suite.

Lorenzo la regardait fixement. Elle n'avait pas bougé de sa position, serrant toujours l'oreiller contre sa poitrine comme s'il s'agissait d'un radeau de sauvetage sur un navire en perdition. L'inclinaison de son menton vers le haut indiquait sa détermination à ne pas le laisser gagner. Ses yeux brillaient de défi. Elle voulait rester, et elle ferait n'importe quoi pour garder sa maison. Mais il ne pouvait pas le permettre.

Il n'y avait qu'une seule façon de la faire partir : il devait la faire fuir, de panique ou de dégoût. Il pouvait certes y parvenir en montrant les crocs, mais il ne pouvait pas se permettre une telle exposition. Après les récentes attaques des Gardiens, Dante avait conseillé à tout le monde d'être plus prudent que d'habitude. Lorenzo ne voulait pas aller à l'encontre de cette recommandation.

Mais il y avait un autre moyen de la faire fuir. Il lui montrerait à quel point il était un débauché. Et, comme Bianca était une femme bien élevée, elle s'enfuirait pour sauver non pas sa vie, mais sa réputation.

— Madame, vous ne resterez dans cette maison qu'en tant que ma maîtresse.

Il la dépassa du regard, peu désireux de voir sur son visage le mépris qu'elle devait éprouver à son égard.

— Je vous suggère donc de vous habiller et de partir.

Il se détourna du lit et attrapa ses vêtements, lui offrant une dernière vue de son derrière avant d'enfiler son pantalon et de le remonter.

Lorenzo se félicitait. Il l'avait laissée sans voix. Faire cela à une femme était un exploit en soi. L'accomplir avec une femme qui avait jeté sur sa queue des regards si appréciateurs alors qu'elle pensait qu'il ne regardait pas, c'était une magnifique réussite. Il avait presque envie de se féliciter. Nico et Dante hurleraient de rire lorsqu'ils entendraient l'histoire. Au moins, ce serait un bon divertissement.

Mais cela ne soulageait en rien sa verge douloureuse.

— Qu'attendez-vous de votre maîtresse ?

Lorenzo faillit s'étouffer avec sa propre salive. Lui demandait-elle cela parce qu'elle étudiait son offre ? Bon sang, ce n'était même pas une offre. Il n'avait aucune intention de prendre une maîtresse.

— Madame...

— Dites-moi simplement ce que vous attendez de votre maîtresse.

Qu'attendrait-il d'une maîtresse s'il en cherchait vraiment une ?

— Tout. Elle doit être désinhibée, ouverte à l'expérimentation et elle doit le vouloir. Je ne veux pas d'une femme qui se contente de s'allonger sur le dos. Je ne veux pas baiser une planche rigide.

— Je comprends.

Les mots définitifs qu'elle prononça lui indiquèrent qu'il avait finalement réussi à la dissuader. Il attrapa sa chemise et l'enfila.

— Très bien, alors une fois habillée, je vous escorterai jusqu'à un hôtel ou une pension de famille.

— Vous attendez de votre maîtresse qu'elle vive dans un hôtel ou une pension ? Je m'attendais à rester ici.

Lorenzo se retourna en lâchant les boutons qu'il essayait de fermer. Il se contenta de la regarder fixement. Après tout ce qu'il lui avait dit, elle voulait être sa maîtresse ? Ce n'était pas possible.

— Je m'attends à ce que vous me suciez, la prévint-il.

Bianca relâcha sa prise sur l'oreiller et hocha la tête.

— Je peux le faire.

La gorge serrée, il poussa la chance encore plus loin.

— J'aime prendre une femme par derrière comme un animal.

Avait-il des hallucinations, ou l'oreiller qu'elle tenait glissait-il vers le bas pour dévoiler le haut de ses seins ?

— Pour que vous puissiez aller très loin ?

Sa langue rose émergeait et passait sur sa lèvre inférieure.

— J'aime quand c'est profond.

Ses jambes le rapprochèrent du lit.

— J'aime attacher mes femmes pour qu'elles soient à ma merci.

Sa main poussa l'oreiller vers le bas, révélant un mamelon à son regard affamé. Choqué, il fixa son visage. N'y avait-il rien qu'il puisse dire pour la choquer ?

— Il y a des moments où j'aime que quelqu'un d'autre me regarde pendant que je baise ma femme.

— Qui aimerait nous regarder ? demanda-t-elle, la voix basse et séduisante.

Avait-elle dit « nous » ? Lorenzo sentit la sueur monter à son front.

— Un ami.

— Voudrait-il se joindre à nous ?

Connaissant Nico, il le ferait, mais Lorenzo le voudrait-il ? Ils avaient déjà partagé des femmes, mais voudrait-il partager Bianca ? Bon sang, qu'est-ce qu'il disait ? Elle n'était pas sa maîtresse, et elle ne deviendrait pas sa maîtresse. En aucun cas !

— Écoutez, Madame Greco, je ne voulais pas…

Les mots suivants restèrent coincés dans sa gorge quand elle déplaça l'oreiller et le jeta au pied du lit, lui exposant son corps nu, ses jambes encore écartées, sa chatte encore luisante de sa salive et de ses sucs.

Son cerveau cessa de fonctionner. Maîtresse signifiait sexe. Du sexe tous les jours, toutes les heures. Du sexe quand il le voulait, sans même avoir à quitter la maison, sans avoir à passer par tout le processus de flirt avec une femme ou sans négocier un achat.

Les gencives de Lorenzo le démangeaient tandis que son nez sensible se remplissait de son excitation.

— En tant que maîtresse, vous vivrez ici avec moi. Ma maison, mes règles.

— Des règles ? demanda-t-elle en haussant un sourcil.

— Deux règles. La première : nous dormons pendant la journée, et les rideaux restent fermés.

— Et la deuxième ?

— Je vous emmènerai quand et où je veux, et vous ne me le refuserez pas.

Elle le regarda de haut en bas, puis se concentra sur l'énorme bourrelet de son pantalon. Elle se mit à ronronner comme un chaton en se léchant les lèvres.

— Voulez-vous que je fasse un essai pour le poste maintenant ?

6

Bianca savait qu'elle était devenue complètement folle. Sa proposition était au mieux indécente, et aucune femme saine d'esprit ne l'aurait jamais acceptée. Malheureusement, elle était aussi désespérée. Elle devait rester dans la maison pour poursuivre ses recherches, et son stratagème de la fille en deuil n'avait pas suffisamment adouci le cœur de son interlocuteur pour qu'il la laisse rester.

Désormais, elle resterait chez lui en tant que sa maîtresse. Et peut-être que cela lui donnerait assez de liberté pour se déplacer dans la maison à sa guise. Tant qu'elle lui plairait, il ne se soucierait probablement pas de ce qu'elle ferait le reste du temps, tant qu'elle ne dévoilerait pas ses véritables intentions. Et si Bianca avait appris une chose en tant que courtisane, c'était comment plaire à un homme. Lorenzo n'aurait pas à se plaindre, et lorsqu'il se lasserait d'elle et voudrait passer à autre chose, elle serait de toute façon partie depuis longtemps. Trésor en main — quel qu'il soit.

Bianca le regarda se débarrasser rapidement de ses vêtements et la rejoindre dans le lit. Ses yeux la balayaient comme s'il ne savait pas par où commencer. Il avait l'air d'un enfant qui aurait reçu trop de cadeaux pour Noël. On aurait dit qu'elle allait devoir l'aider à prendre une décision.

Bianca posa sa paume sur sa joue et guida sa tête vers elle.

— Embrassez-moi, murmura-t-elle sur son ton le plus séduisant et effleura ses lèvres. Et ensuite, mon corps vous appartiendra pour que vous en fassiez ce que vous voulez.

Et seulement son corps. C'était tout ce qu'elle lui donnerait. Ce n'était pas différent de ce qu'elle avait fait auparavant. Pour quelques jours encore, elle serait la courtisane de quelqu'un, mais bientôt, elle serait son propre maître et prendrait ses propres décisions. Bientôt.

Ses lèvres étaient fermes quand il se pressa contre elle. Puis elles s'adoucirent, et, soudain ses lèvres s'écartèrent, et sa langue balaya sa bouche, s'insinuant entre la jointure de ses lèvres, demandant à entrer. Au moment où sa langue se glissa dans sa bouche pour l'explorer, elle perdit toute pensée cohérente. Elle n'avait jamais été embrassée de la sorte, pas avec une telle ferveur, de tels coups de maître qui ne laissaient aucune zone inexplorée, aucun coin non réclamé. Sa bouche la dévorait presque comme s'il essayait de mémoriser son goût pour le rappeler à volonté. Sans relâche, Lorenzo s'emmêlait avec sa langue, léchait contre ses dents, plongeait profondément en elle comme s'il testait les limites de ce qu'elle permettrait. Tout ce qu'elle pouvait faire était de s'accrocher à lui, de s'agripper à ses épaules, d'enfoncer ses ongles dans sa chair de peur de perdre son emprise sur lui.

Dans son ventre, le feu qui brûlait doucement et régulièrement pendant qu'ils parlaient s'était réveillé en un brasier ardent, et les flammes s'élevaient si haut qu'elles atteignaient sa peau et léchaient vers l'extérieur. Son amant n'avait-il pas remarqué la chaleur qui s'échappait d'elle ? Si c'était le cas, cela ne semblait pas le déranger, car ses mains se promenaient librement sur sa peau nue tandis que sa bouche poursuivait son assaut sensuel, transformant son corps en un ensemble de cellules contrôlées uniquement par lui.

Partout où ses mains allaient, son corps se réchauffait sous son contact et se cambrait pour en demander plus. Même si elle l'avait voulu, elle n'aurait pas pu l'arrêter. L'énergie semblait jaillir de lui et entrer en collision avec la chaleur de son corps, les deux forces dansant l'une avec l'autre et les engloutissant dans un cocon de désir et de convoitise.

Bianca ne s'était jamais sentie aussi désirée, aussi insouciante. Mais au lieu que chaque contact et chaque baiser l'aide à calmer sa soif de lui, cela ne faisait que lui donner envie d'encore plus. Lorsqu'il arracha sa bouche de la sienne, elle ressentit la perte, physiquement.

— Non, n'arrêtez pas, gémit-elle.

Elle n'avait jamais gémi auparavant.

— Ma douce, murmura-t-il, et il embrassa sa gorge en l'inclinant davantage vers l'arrière pour pouvoir atteindre la partie sensible à la base de la gorge.

Ses lèvres l'embrassèrent, sa langue la lécha et ses dents grattèrent sa peau. Elle frissonna involontairement sous l'effet de cette sensation érotique.

— Encore, demanda-t-elle sans réfléchir.

Une fois de plus, Lorenzo frotta ses dents contre sa gorge, puis se retira et descendit plus bas. Sa tête descendit jusqu'à ses seins, prenant d'abord un mamelon, puis l'autre entre ses lèvres. Lorsqu'il aspira le mamelon plus profondément dans sa bouche et passa sa langue dessus, elle se tortilla sous son emprise et sentit son contrôle s'échapper.

Il était en train de la réduire en bouillie. Elle devait prendre le dessus et lui donner du plaisir. Ce n'était qu'ainsi qu'elle garderait le contrôle, en volant le sien. Sa main glissa le long de son torse, de sa poitrine musclée et glabre, de son abdomen musclé, jusqu'à ce qu'elle atteigne sa destination : la touffe de poils sombre entre ses jambes, là où sa queue était en érection.

Bianca enroula sa main autour de la verge, surprise de constater qu'elle n'était pas tout à fait à la hauteur de sa taille.

— Oh, mon Dieu ! souffla-t-il en lâchant temporairement son mamelon.

Il était trop grand. Trop épais. Et long aussi, remarqua-t-elle en le caressant jusqu'à la base. Il était dur comme du marbre, mais sa peau était aussi douce que celle d'un bébé. Elle aimait ces contrastes chez un homme, elle les avait toujours aimés. Une peau douce comme celle d'un bébé recouvrant une queue dure comme du marbre. La combinaison parfaite. Elle avait hâte de le sentir étirer sa chatte. Aucun de ses anciens amants n'avait été aussi gros. Mais elle n'en avait pas peur, elle ne le craignait pas.

D'après ce qu'il lui avait fait plus tôt, alors qu'elle se croyait en plein rêve, elle savait qu'il était un amant patient, attentionné, qui s'assurerait qu'elle était prête à l'accueillir. Elle avait déjà joui une fois sous sa bouche experte et elle était à nouveau toute mouillée. Elle était prête pour lui, sa perle palpitant d'impatience.

Mais elle voulait d'abord le rendre fou. De toutes ses forces, elle poussa contre son corps lourd. Il relâcha sa poitrine, surpris, avec une question déjà sur ses lèvres, mais elle n'émergea jamais. Une seconde plus tard, il se retrouva le dos dans les draps tandis qu'elle descendait le long de son corps.

— Quoi ? souffla-t-il en lui jetant un regard surpris.

Bianca ne perdit pas de temps et abaissa sa tête sur son entrejambe, guidant son érection jusqu'à ses lèvres. Il s'immobilisa instantanément, et elle put le voir la regarder tandis qu'elle léchait son gland doux et velouté pour la première fois.

— Chérie, gémit-il, la voix rauque.

— Mmm.

Bianca lécha sa queue une fois de plus en faisant glisser sa langue jusqu'en bas, puis remontant avant d'ouvrir sa bouche et de la prendre à l'intérieur. Doucement, elle glissa vers le bas sur lui, le prenant aussi profondément qu'elle le pouvait. Il était plus que ce qu'elle pouvait gérer avec sa seule bouche, alors elle ajouta sa main pour envelopper sa base et le pomper de concert avec ses lèvres.

— Putain ! gémit-il. Vous ne devriez pas...

Essayait-il de protester ? Pourtant, ses hanches se rapprochaient d'elle et il envahissait sa bouche à un rythme régulier. Ses mains s'enfonçaient dans ses cheveux, la tenant fermement plutôt que de la forcer à s'effondrer sur lui. Certains de ses amants avaient l'habitude de diriger sa tête de manière à pouvoir lui baiser le visage, et elle avait toujours détesté ça. Mais Lorenzo utilisait ses mains pour caresser son cuir chevelu, pour la caresser, pas pour lui écraser la tête contre son entrejambe pour qu'elle le prenne plus profondément.

Elle appréciait cela chez lui et le remercia en augmentant son mouvement de succion et en l'enfonçant plus profondément dans sa bouche.

— Bianca, non. Arrêtez.

Soudain, ses mains tirèrent sur ses cheveux, lui écartant la tête et retirant sa queue de sa bouche. Elle le regarda, les yeux écarquillés par la surprise, et découvrit le visage d'un homme désemparé.

— Je ne peux pas faire ça, dit-il en secouant la tête.

Elle regarda son sexe d'un air expert. D'après ses estimations, il était à dix secondes de l'orgasme.

— Bien sûr, vous pouvez.

Était-il anxieux à l'idée de jouir dans sa bouche ?

Il secoua la tête et se dégagea d'elle, se déplaçant jusqu'au bord du lit, où il laissa tomber ses jambes sur le sol en lui tournant le dos.

— Je ne peux pas faire ça. Je ne veux pas de votre corps.

Avait-il changé d'avis ? Allait-il finalement la mettre à la porte ? Un souffle sortit de ses poumons et remonta vers le haut. Elle se crispa, ne voulant pas qu'il s'échappe comme un sanglot. Avait-elle fait quelque chose de mal ? N'avait-il pas aimé la façon dont elle l'avait sucé ?

— Vous pouvez rester quelques jours jusqu'à ce que nous ayons trouvé une solution. Mais vous ne pouvez pas être ma maîtresse. Reposez-vous. Je vous verrai demain.

Il sauta du lit et rassembla ses vêtements si vite qu'elle n'eut aucune chance de le retenir. Un instant plus tard, la porte se referma derrière lui. Elle était seule. Et Lorenzo ne voulait pas de son corps.

Cette prise de conscience lui fit le même effet qu'une gifle.

7

Quelque chose ne tournait pas rond chez lui. Lorenzo se précipita dans la pièce voisine pour se mettre à l'abri de ses émotions contradictoires et de l'envoûtante Bianca nue dans la chambre à coucher d'à côté. Depuis quand avait-il des scrupules à baiser une femme ? Ce n'était pas la première fois qu'il profitait de quelqu'un, et ce ne serait pas la dernière.

Exactement, répondit sa queue. *Alors, retournons-y et faisons-le.*

Lorenzo fixait son érection et avait envie de la gifler pour qu'elle se soumette. Il n'allait pas retourner dans cette chambre à coucher et profiter d'une jeune femme qui n'avait pas eu d'autre choix que de lui offrir son corps pour avoir un toit au-dessus de sa tête. Même *lui* ne tomberait pas aussi bas.

Il remonta son pantalon et enfila sa chemise, fermant les boutons rapidement avant qu'il ne puisse changer d'avis. Mon Dieu, Bianca était allée jusqu'à le sucer avec ces lèvres incroyables, passant sa langue le long de sa verge si tendrement qu'il avait cru qu'il allait éclater. Même s'il savait qu'elle n'était pas innocente et qu'elle n'était clairement pas vierge, aucune femme digne de ce nom ne devrait être obligée de servir un étranger de cette manière, peu importe les moments difficiles qu'elle avait traversés. Ce n'était pas sa faute si son père avait perdu tout l'argent au jeu.

Lorenzo s'arrêta dans ses pensées. Il avait laissé de l'argent à l'avocat pour qu'il le donne à la fille, afin qu'elle ait de quoi tenir le coup. Ce salaud avait-il empoché l'argent lui-même et ne l'avait-il pas donné à la fille ? Était-ce pour cela qu'elle était sans ressources ? Non. Maintenant, il se souvenait. Bianca n'avait même pas encore vu l'avocat. Elle était arrivée et était venue directement à la maison. Pas étonnant qu'elle n'ait pas su pour l'argent, qu'elle n'ait pas réalisé qu'elle n'était pas complètement sans le sou. Cela pourrait s'arranger.

Il enverrait un mot à monsieur Mancini, l'informant que Bianca séjournait temporairement chez lui et qu'il devait lui remettre l'argent là-bas. Cela devrait suffire. Une fois qu'elle aurait l'argent, elle serait certainement plus qu'heureuse de partir et de le laisser à sa débauche.

Une fois qu'elle serait partie, il ne serait plus un danger pour elle. Mais pour l'instant, elle risquait qu'il lui prenne la dernière parcelle de son innocence et, s'il perdait le contrôle, la dernière goutte de son sang. Et elle ne méritait pas cela, d'autant plus que Lorenzo l'aimait bien.

Sa force, lorsqu'elle avait appris que la maison n'était plus la sienne, l'avait impressionné, et sa détermination à tout faire pour survivre était admirable. Il ne pouvait se résoudre à briser l'esprit d'une telle femme. Ce n'était pas sa faute si elle était dans cette situation. Elle ne devrait pas avoir à payer pour les péchés de son père.

Lorenzo termina de s'habiller et descendit les escaliers sombres, ignorant l'odeur séduisante qui lui parvenait de la chambre à coucher de la jeune femme. Il avait besoin de sortir de la maison pendant quelques heures, alors que la nuit était encore là. Et peut-être qu'il pourrait trouver un moyen d'aider Bianca à reprendre sa vie en main et à en refaire une autre, maintenant que son père était mort.

S'il avait de la chance, il trouverait Nico dans l'un de ses lieux de prédilection et l'engagerait à effectuer quelques recherches pour lui.

Une demi-heure plus tard, Lorenzo entra dans un lieu de nuit qui était à la fois une maison close et un débit de boisson, et il perçut l'odeur de Nico. Il poussa un soupir de soulagement et se dirigea vers l'étage supérieur où de petites chambres bordaient le long couloir sombre. L'odeur du sexe, de la sueur et des corps non lavés assaillait ses sens, excitant et repoussant à la fois son corps. Il avait passé de nombreuses nuits dans cet établissement pour assouvir la soif inextinguible qui traversait toujours son corps. Il n'avait jamais connu autre chose. C'était un vice difficile à contrôler, surtout pour un vampire comme lui. Ses sens exacerbés de vampire rendaient toutes les tentations encore plus irrésistibles. Une fois, il y a longtemps, il avait cédé et, au lieu de donner à son corps ce dont il avait besoin, il avait ouvert son cœur. Mais il se l'était fait arracher dans la foulée.

Sabina. Il n'avait pas pensé à elle depuis des années ; il avait réussi à supprimer son souvenir pendant très longtemps. Il ne comprenait pas pourquoi il pensait à elle maintenant, si ce n'est que Bianca lui avait peut-être un peu fait penser à elle. Les mêmes yeux ronds qui pouvaient imiter l'innocence de manière très efficace.

Sabina était une femme si douce et si généreuse, et il était tombé si amoureux d'elle qu'il avait cru qu'elle l'accepterait tel qu'il était. Lorsqu'il lui avait avoué qu'il était un vampire, elle avait simplement fermé les yeux un instant, pris une profonde inspiration, puis proclamé qu'elle l'aimait quand même.

Quel grand mensonge tout cela avait été ! En vérité, elle avait été dégoûtée par lui la première fois qu'elle l'avait surpris en train de se nourrir, mais elle l'avait bien caché. Elle avait quand même réchauffé son lit et lui avait fait croire qu'elle l'aimait. Et s'il n'avait pas eu le sommeil si léger, il serait allé dans sa tombe en croyant à son amour.

Mais il s'était réveillé, la trouvant à côté de son lit, prête à lui planter un pieu dans le cœur. À ce moment-là, tout son univers s'était effondré. Son cœur s'était transformé en pierre. Pourtant, il n'avait pas été capable de la tuer pour sa trahison. Il l'aimait encore à ce moment-là. Sa seule option avait été d'effacer de sa mémoire tout ce qui s'était passé, mais il y avait eu trop de choses à effacer. Son esprit n'a pas pu y faire face et elle était devenue folle. Elle avait fini dans un asile où elle s'était suicidée quelques années plus tard. Tout cela à cause de lui.

Bien qu'il doive toujours utiliser sa capacité à effacer la mémoire des humains lorsqu'il se nourrissait d'eux, il s'assurait de ne pas se nourrir deux fois de la même personne. Mais il ne s'était jamais engagé avec une autre humaine, de peur que le sort qui avait frappé Sabina ne se répète. Il s'était donc limité à des prostituées dont il ne se nourrissait pas pour ne pas avoir à utiliser ses pouvoirs de vampire à plusieurs reprises. Une relation prolongée avec une humaine était trop dangereuse à ses yeux, l'effacement répété de la mémoire de ses victimes trop risqué. En séparant le sexe de la nourriture, il avait réussi à se contrôler et à ne perdre ni la tête ni le cœur.

Lorenzo repoussa les souvenirs de son passé et inspira profondément pour savoir où se trouvait Nico. Comme tous les soirs, Nico était en train de baiser à travers Venise, et Lorenzo n'avait aucun scrupule à l'interrompre. Ce n'était pas comme si c'était une nouveauté.

Il poussa la porte sans frapper et entra dans la pièce faiblement éclairée. Nico tourna la tête vers lui, son corps en alerte se détendant instantanément lorsqu'il reconnut son visiteur.

Il fit un clin d'œil.

— Tu veux te joindre à nous ?

Le ferait-il ? Lorenzo jeta un coup d'œil à la femme étalée sur le lit, les fesses en l'air, les mains de Nico tenant fermement ses hanches tandis qu'il la pénétrait à plusieurs reprises depuis sa position agenouillée derrière elle. Lorenzo souriait. C'était une chose que lui et son ami avaient en commun : ils aimaient prendre leurs femmes par-derrière pour un impact maximal.

— Elle peut te sucer, proposa Nico. N'est-ce pas, mon amour ?

La femme releva la tête à sa question et sourit à Lorenzo, révélant une dent de devant de travers. Bien que son sexe soit dur à cause de l'odeur d'excitation qui régnait dans la pièce, il se contenta de secouer la tête. Il n'était pas ici pour le sexe. D'ailleurs, s'il avait voulu faire l'amour, il aurait pu le faire chez lui avec une partenaire bien plus attirante.

Alors pourquoi ne l'avons-nous pas fait ? demanda son appendice trop impatient.

— Une autre fois, assura-t-il à Nico. Je me demandais si nous pouvions parler.

— Bien sûr, que se passe-t-il ? demanda Nico en continuant de plonger dans la femme tandis qu'elle laissait retomber sa tête sur l'oreiller et gémissait.

Lorenzo leva les yeux au ciel. Cela lui convenait si Nico pensait qu'il pouvait se concentrer sur une conversation tout en continuant à baiser comme un champion.

— Peux-tu te renseigner pour moi ?

— À propos de ? demanda Nico en grognant, ses poussées devenant de plus en plus féroces.

— La maison que j'ai achetée, l'héritière s'est présentée ce soir en pensant que c'était encore la sienne.

— Oh ?

— J'ai besoin d'en savoir plus sur elle. Elle s'appelle Bianca Greco. Peux-tu vérifier auprès de tes sources pour savoir d'où elle vient et pourquoi elle n'était pas avec son père ? Et pourquoi elle n'est pas encore allée voir l'avocat ?

— Qui est l'avocat ? demanda Nico en donnant une tape sur le dos de la femme.

— Monsieur Mancini, son bureau est...

— Je sais où il se trouve. Pas de problème.

— J'ai donné de l'argent à Mancini pour elle. Qu'il l'envoie chez moi.

— Dans ta maison ? demanda Nico en fronçant les sourcils.

— Oui, cette femme habite dans ma nouvelle maison.

Nico s'arrêta brusquement dans ses mouvements et se glissa hors de la femme.

— Quoi ? se plaignit-elle.

— Plus tard, dit-il pour la calmer, puis il fixa à nouveau Lorenzo. Elle est chez toi ?

Lorenzo savait exactement pourquoi Nico était si surpris. Personne ne logeait jamais chez lui. Toutes ses escapades sexuelles se déroulaient chez d'autres personnes, dans des auberges ou des bordels. Jamais chez lui. Il tenta de minimiser la situation.

— Elle n'avait nulle part où aller.

Nico se leva alors du lit, inconscient de sa nudité. De toute manière, Lorenzo ne s'en souciait pas.

— Il y a une femme qui habite chez toi ?

— Ne fais pas comme s'il s'agissait d'un événement extraordinaire.

C'était le cas, mais il ne va pas se disputer avec Nico à ce sujet.

— Dis-m'en plus. Pourquoi veux-tu que j'enquête sur elle ? Se pourrait-il que tu t'intéresses à une femme pour autre chose que la baise ?

Lorenzo lança un regard à son ami.

— Ne fais pas l'imbécile. Elle ne m'intéresse pas. Tout ce que je veux savoir, c'est s'il y a quelque chose dont je dois me méfier, vu qu'elle reste quelques jours. C'est simplement une mesure de sécurité.

Mais de qui se moquait-il ? Bianca l'intriguait et il voulait en savoir plus sur son passé. Il ne voulait pas lui révéler qu'il s'intéressait à elle, même de loin. Et si elle était une sorte de chercheuse d'or, qui pensait pouvoir récupérer la maison de son père en se montrant gentille avec lui et en le prenant dans ses filets, en espérant qu'il l'épouse ? Il n'avait pas besoin de ce genre de complications. Il valait mieux être préparé.

8

Bianca se réveilla vers midi. Elle avait eu du mal à se rendormir après que Lorenzo l'eut laissée excitée et frustrée. Elle ne s'était jamais sentie aussi vide. Pourquoi n'avait-il pas fini ce qu'il avait commencé ? Il était dur, et devait avoir envie de se libérer, tout comme elle. Pourtant, il les avait privés tous les deux de ce qui aurait été une nuit de plaisir absolu.

Elle rejeta les couvertures en arrière et laissa tomber ses jambes sur le côté du lit. Peut-être devrait-elle être heureuse qu'il ait décidé de se comporter comme un gentleman après tout et qu'il n'ait pas insisté pour qu'elle paie son séjour en se comportant comme sa maîtresse. En fait, elle devrait en être très heureuse. Pour une fois, elle n'aurait pas à payer avec son corps. C'était un changement bienvenu. Mais le moins que l'on puisse dire, c'est qu'il était déroutant.

Bianca savait qu'elle avait un beau corps. Beaucoup d'hommes le lui avaient dit, et elle l'avait même vu dans les yeux de Lorenzo lorsqu'il l'avait regardée, nue. Quelque chose l'avait-il dégoûté ? Ne voulait-il pas qu'elle le suce ? Bon sang, pourquoi était-elle en train de se remettre en question ? Il ne voulait pas qu'elle soit sa maîtresse. Elle devrait s'en réjouir. Et il ne l'avait pas encore mise à la porte, ce qui signifiait qu'elle pouvait faire ce qu'elle était venue faire : trouver le trésor.

Avec une détermination renouvelée, elle sauta du lit, en faisant attention à ne pas faire trop de bruit. Elle avait entendu Lorenzo revenir avant le lever du soleil et entrer dans l'ancienne chambre de son père. Il semblait avoir choisi cette chambre pour la nuit. Il n'avait pas essayé de se faufiler dans son lit, même si elle l'avait à moitié souhaité. Bianca secoua la tête. C'était stupide de penser ainsi. Elle ne voulait pas de lui. Il n'était qu'une nuisance avec laquelle elle devrait composer pendant qu'elle cherchait le trésor de son père. Rien de plus.

Comme elle avait pris un bain la veille, elle se lava très rapidement avec l'eau froide du pichet sur la commode, se lava les dents et sortit une robe propre de son sac. Si ce que Lorenzo avait dit était vrai — qu'il dormait pendant la journée — alors elle aurait la maison pour elle seule et pourrait la fouiller à sa guise. Elle ne voulait pas perdre une minute de plus. Plus vite elle trouverait ce qu'elle cherchait, plus vite elle pourrait partir.

Bianca passa sur la pointe des pieds devant la chambre de Lorenzo et se hâta de descendre les escaliers. Elle commencerait ses recherches dans les pièces les plus éloignées de la chambre où Lorenzo dormait. Comme elle avait déjà examiné la cuisine la nuit précédente, et que c'était l'endroit le moins probable où son père aurait pu cacher quelque chose, elle sauta cette pièce et se dirigea vers le salon. Son père avait passé beaucoup de temps dans cette pièce, et les décorations ornementales qui s'y trouvaient offraient de nombreuses possibilités de dissimuler un compartiment caché ou un faux plancher.

Elle se mit au travail avec méthode. Ce qui rendait le travail quelque peu fastidieux, c'était le fait qu'elle ne pouvait pas simplement mettre les choses en pièces et les laisser en l'état. Comme Lorenzo était dans la maison, elle devait s'assurer qu'il ne se rendait pas compte de ce qu'elle faisait. Lorsqu'elle arracha un panneau de bois détaché de l'armoire ornée encastrée dans le mur et qu'elle ne trouva que de la poussière et des toiles d'araignée derrière, elle dut le coincer pour le remettre dans son ancienne position. Bianca utilisa son coude pour exercer une force suffisante jusqu'à ce que le panneau se remette à coller.

Ses mains étaient déjà poussiéreuses, tout comme sa robe, à force de glisser contre les murs et les meubles, sans parler du fait qu'elle rampait sur le sol pour jeter un coup d'œil sous les meubles, au cas où son père aurait collé quelque chose au fond d'un meuble.

Après avoir soulevé les tapis ornés du salon et n'avoir rien trouvé en dessous, elle abandonna la pièce et retourna à la cuisine. Son estomac gargouillait. Le garde-manger était pratiquement vide, mais on y trouvait ce qu'elle avait toujours aimé : un bocal d'olives, du fromage à pâte dure et une partie de jambon sec. Elle inspira et se coupa d'épaisses tranches de fromage et de jambon et se servit une grande portion d'olives dans une assiette.

En dévorant la première tranche de jambon, elle se rendit compte à quel point elle avait eu faim. En quelques minutes elle vida l'assiette et se sentit beaucoup mieux. Il était plus facile de reprendre ses recherches le ventre plein.

Elle se rendit ensuite dans le bureau de son père. Lorsqu'elle entra dans la pièce, celle-ci était sombre et mal éclairée. Bien que la fenêtre ne soit pas obstruée par des rideaux, le soleil du début de l'après-midi n'atteignait pas la pièce, car son unique fenêtre était adossée à une autre maison, ce qui empêchait les rayons du soleil de l'atteindre. Elle ne comprenait pas pourquoi son père avait choisi une pièce aussi inadaptée pour en faire son bureau.

Bianca alluma une bougie et apprécia sa douce lueur qui éclairait la pièce. Bien que le bureau soit petit, les murs étaient remplis de livres de haut en bas. Beaucoup étaient couverts de poussière. Elle soupira. Il lui faudrait des heures pour enlever livre après livre et voir si quelque chose se cachait derrière. Elle posa le chandelier avec la bougie allumée sur le côté d'une étagère, de façon que la lumière passe par-dessus son épaule, et se mit au travail.

Elle avait complètement oublié le nombre de livres que son père avait collectionnés au cours de sa vie. Il lui avait souvent fait la lecture lorsqu'elle était enfant, avant qu'ils ne se brouillent, avant qu'il ne se mette en tête de la marier au plus offrant. Bianca repoussa ces pensées et essaya de se concentrer sur la tâche à accomplir. Les heures semblaient passer à toute vitesse tandis qu'elle manipulait livre après livre.

— Que cherchez-vous ?

Bianca se leva de sa position accroupie et se retourna dans le même temps, son cœur battant frénétiquement sous le choc d'avoir été découverte. Lorenzo, vêtu d'une culotte et d'une chemise ouverte au niveau du cou, la toisait, les yeux plissés de suspicion.

— Je..., bégaya-t-elle, en essayant de gagner du temps. J'espère que je ne vous ai pas réveillé.

Sa mâchoire se crispa.

— Je vous ai demandé ce que vous cherchiez.

Il n'avait pas l'air facile à dissuader. Seul son talent d'actrice pouvait l'aider à présent. Elle releva le menton et pinça les lèvres.

— Si vous voulez savoir...

Puis elle détourna les yeux et soupira lourdement.

— J'essayais de retrouver un vieux livre que mon cher père me lisait quand j'étais enfant.

Elle baissa la tête vers sa poitrine en laissant échapper une lourde respiration tout en reniflant

— Je voulais quelque chose pour me souvenir de lui.

Bianca se força à penser aux premiers jours à Florence, à l'époque où elle avait dû vivre dans la rue, à la peur et à l'humiliation. Les larmes venaient plus facilement, des larmes dont elle avait besoin maintenant pour faire croire à Lorenzo qu'elle pleurait son père.

Lorsqu'elle releva son visage vers lui, la première larme roula sur sa joue. Et avec plaisir, elle vit l'expression de Lorenzo passer de la méfiance à la compassion. Ah, oui, elle pouvait encore jouer avec n'importe quel homme comme avec un violon. Ils l'avaient manipulée assez longtemps, c'était maintenant à son tour de les manipuler.

Sentir ses doigts caresser sa joue était plus que ce à quoi elle s'attendait. Sa compassion la déstabilisait et lui faisait ressentir quelque chose qu'elle n'avait pas ressenti depuis longtemps : quelqu'un se souciait d'elle.

— Je suis tellement désolé pour votre deuil, murmura-t-il, sa main caressant toujours sa joue, son corps soudain tellement plus proche, assez proche pour être touché.

Elle respira son odeur, l'odeur réconfortante d'un homme fort, d'un protecteur, de quelqu'un qui ferait disparaître la douleur. Quand son autre main vint l'attirer plus près, elle enfouit son visage dans sa chemise, sentant sa peau chaude en dessous. Ses bras l'entourèrent, l'attirant dans une étreinte trop proche pour être simplement réconfortante. Il la pressa contre sa poitrine et passa ses mains sur son dos, la caressant.

— Chut, ma chérie. Tout ira bien.

Elle sentit ses lèvres sur le sommet de son crâne, embrassant ses cheveux en même temps que sa main détachait le chignon de sa nuque pour laisser ses cheveux tomber en cascade dans son dos. Ses doigts effleurant son cou la firent frissonner.

C'était si bon d'être dans ses bras, de se sentir protégée et en sécurité, même si ce n'était que pour quelques minutes. Bianca soupira lorsque ses larmes cessèrent de couler et leva son visage vers lui. Ses yeux avaient une lueur orangée, la lumière de la bougie se reflétant dans ses iris plus intensément qu'elle ne l'avait jamais vu dans les yeux de quelqu'un d'autre.

Sans réfléchir, elle se dressa sur la pointe des pieds et s'étira vers lui. Il écarquilla les yeux de surprise et, un instant plus tard, ses lèvres rencontrèrent les siennes.

L'odeur épicée de Lorenzo s'infiltra dans sa bouche quand elle ouvrit ses lèvres pour lui. Au début, il se contenta de la taquiner doucement, léchant ses lèvres, balayant brièvement sa langue contre ses dents, puis se retirant. Allait-il s'arrêter à nouveau ? Elle ne pouvait pas le laisser faire. Elle voulait qu'il l'embrasse, qu'il la dévore.

Ses mains agrippèrent les revers de sa chemise, l'attirant plus près. Son geste lui arracha un profond gémissement. Une seconde plus tard, sa main glissa vers ses fesses et il la pressa contre lui.

Bianca sursauta lorsqu'elle sentit le contour dur de son érection se presser dans son estomac et se réjouit en même temps : Lorenzo la désirait. Son excitation était la preuve de son désir pour elle. Audacieuse, elle sortit sa langue et la glissa entre ses lèvres, à la recherche de son homologue. Déterminée à ne pas la laisser s'échapper, elle la caressa, la texture et le goût de son corps, provoquant des picotements alléchants le long de sa peau et effleurant ses mamelons sensibles.

que son érection pointait vers elle d'un air presque accusateur. Et pourquoi pas ? C'était à cause d'elle qu'il avait encore cette érection qui n'avait pas encore été satisfaite et qui, semblait-il, ne le serait pas ce soir.

— Le document est légal et vous le savez ! C'est ma maison, et c'est moi qui décide qui peut rester et qui ne peut pas.

— Mais, Monsieur, je suis encore en deuil. Je viens de perdre mon cher père. Je suis accablée de chagrin, s'exclama-t-elle d'un air suppliant.

Le deuil ? Si Bianca était en deuil, elle ne l'avait certainement pas montré quelques minutes plus tôt lorsqu'elle se tortillait sous lui dans une extase évidente. Si toutes les filles en deuil réagissaient ainsi à la mort de leurs pères bien-aimés, Lorenzo traquerait tous les enterrements de la ville pour trouver ses prochaines compagnes de lit consentantes. Si c'était ainsi que les filles en deuil pleuraient, il voulait en avoir une part. Un très gros morceau.

Mais ce dont il n'avait pas besoin, c'était d'une femme dans la maison. Qu'elle soit en deuil ou non, elle devait partir. D'une part il était incapable de s'occuper d'une femme qui semblait au bord des larmes, mais, en plus, il ne pourrait pas cacher sa vraie nature bien longtemps. Il devait déjà lutter contre son propre corps pour empêcher ses crocs de s'allonger. Son odeur alléchante et le goût qu'il avait encore sur la langue jouaient avec son contrôle.

Plus elle restait en sa présence, plus elle risquait qu'il la morde, qu'il plante ses crocs dans son long cou gracieux et qu'il absorbe son essence. Et qui savait s'il pourrait s'arrêter ? Si son sang avait le même goût que sa chatte sucrée, son contrôle se briserait comme une petite brindille sous le poids d'un éléphant. Elle n'aurait aucun moyen de lui échapper.

Bien sûr, *il* pouvait toujours utiliser son pouvoir de suggestion pour lui faire oublier la morsure, mais serait-il capable de l'oublier, ou voudrait-il revenir pour en avoir plus ? Et il n'était pas du genre à s'engager sur le long terme. Tout ce qui l'intéressait, c'était une baise et une morsure rapides, pas de répétition, pas de relations. Pas

Un frisson la parcourut lorsqu'il lui répondit en inclinant la tête et en l'incitant à ouvrir plus grand la bouche. Son exploration fut d'abord douce. En léchant et en caressant, il trouva son chemin, dansant avec sa langue et provoquant des sensations de chaleur intense dans son corps. Elle était en feu.

En tant que courtisane expérimentée, elle savait comment plaire aux hommes, et elle savait comment feindre ses réactions face à eux, mais avec Lorenzo, elle n'avait guère besoin de le faire. Au contraire, elle aurait eu du mal à les lui cacher. Son corps ne lui appartenait plus. Sous les caresses de ses lèvres talentueuses, chaque partie de son corps s'animait de désirs qu'elle n'avait jamais exprimés. Des désirs qui ne faisaient que s'intensifier avec la pression de sa queue contre elle. Pour la première fois de sa vie, elle voulait se laisser aller et répondre à un homme sans faux-semblants, sans mensonges et sans retenue.

9

Bianca était encore plus souple dans ses bras qu'elle ne l'avait été la veille. Cela ne faisait rien pour apaiser le besoin de Lorenzo de l'avoir sous lui. Cela ne faisait qu'attiser son désir pour elle. Son cerveau s'était éteint depuis longtemps. En fait, dès que ses larmes avaient coulé et qu'il l'avait prise dans ses bras pour sentir sa chaleur, il avait été incapable de réfléchir à ce qu'il allait faire. Maintenant, il était trop tard.

Son baiser était un abandon pur et simple, ses mains dans ses cheveux un plaisir inattendu. Et ces seins voluptueux écrasés contre sa poitrine ? Ils étaient trop tentants pour ne pas les toucher. Sans interrompre son baiser, Lorenzo se recula légèrement pour glisser une main sur son torse et caresser un sein.

Elle gémit dans sa bouche et il s'imprégna de son excitation, la laissant s'habituer à son contact avant de glisser son pouce au centre de son sein. Le mamelon qu'il rencontra à travers le tissu était dur et se tenait au garde-à-vous. C'est exactement comme cela qu'il l'aimait.

Désireux d'en savoir plus, il tira sur sa robe. Un bruit de déchirure lui fit comprendre qu'il avait été trop brutal et qu'il avait déchiré son corsage. Mais la récompense était trop douce pour qu'il regrette son geste. Lorenzo libéra un sein de ses entraves et le plaça dans sa paume, berçant la chair douce tandis que son pouce glissait sur le mamelon dur une fois de plus.

Un souffle étranglé s'échappa de ses lèvres et il interrompit son baiser pour reprendre son souffle. Bianca renversa la tête en arrière, rapprochant ses seins de lui. Ses yeux étaient fermés et ses lèvres semblaient gonflées par son baiser. Elles étaient rouges, humides, et dignes d'un péché. Son regard tomba sur son cou qu'elle lui offrait si obligeamment. Comme si elle savait ce qu'il voulait.

Les crocs de Lorenzo brûlaient d'envie de mordre, de goûter à son sang sucré. Mais pas encore.

Il baissa la tête vers son sein exposé et déposa des baisers à bouche ouverte le long de sa peau, mordillant son chemin jusqu'au centre, où son mamelon rosé l'attendait tandis qu'il le faisait rouler entre son pouce et son index, s'assurant qu'il restait aussi dur qu'il l'aimait.

Lorenzo la pressa contre la bibliothèque, faisant s'entrechoquer quelques volumes, tandis que ses lèvres se refermaient sur le petit bourgeon savoureux et le suçaient. Il ouvrit plus grand la bouche pour prendre plus de sa chair entre ses lèvres. Il ne comprenait pas comment une femme comme Bianca n'était pas à plat ventre sur le dos, dévorée par d'innombrables hommes vingt-quatre heures sur vingt-quatre. Si elle était à lui, elle ne quitterait jamais son lit. Elle ne s'habillerait jamais.

Lorsque sa main gauche se dirigea vers l'autre sein, il ne put contrôler sa force de vampire. Le tissu se déchira, laissant son corsage s'ouvrir au milieu. Ses lèvres se portèrent sur son deuxième sein avant même qu'elle ne puisse protester — si elle l'avait voulu. Alors qu'il aspirait le sein dans sa bouche et en léchait le sommet sensible, ses mains déchirèrent davantage sa robe.

Il avait besoin de la sentir, de toucher sa peau soyeuse, d'embrasser son corps nu.

Les mains de Bianca caressaient son torse et tiraient sur sa chemise, la faisant glisser de ses épaules. Lorenzo s'en débarrassa sans réfléchir. Il ne fit que gémir de plaisir en sentant ses mains douces sur sa peau nue, le touchant, l'explorant.

Lorsque la paume de la jeune femme saisit soudain son érection à travers son pantalon, il arracha sa bouche à son sein consentant. De toutes ses forces, il força son côté vampire à rester sous la surface, son contrôle étant plus faible qu'il ne l'avait jamais été. Jamais le sexe ne l'avait obligé à lutter autant pour contrôler ses pouvoirs de vampire. S'il ne se maîtrisait pas rapidement, elle se rendrait compte de ce qu'il était.

Il n'y avait qu'une seule façon pour lui de reprendre le contrôle : en prenant le contrôle d'elle et en assouvissant la luxure qui caracolait actuellement dans son corps comme une calèche dont les chevaux fonçaient vers un ravin. Le cœur de Lorenzo s'emballait de concert avec ces bêtes, comme s'il voulait les distancer.

La transpiration s'était déjà accumulée sur son visage et son cou, et maintenant des rivières de sueur descendaient en cascade le long de sa poitrine au corsage déchiré malgré la fraîcheur de la pièce et l'absence de feu dans le bureau. Le corps de Bianca avait plus de feu que ce dont il n'aurait jamais eu besoin pour se réchauffer. Sa chaleur était contagieuse. Son comportement dévergondé et sa volonté de le laisser déchirer sa robe en lambeaux sans qu'aucune protestation ne s'échappe de ses lèvres, étaient quelque chose qui aurait consterné la société décente.

Mais la décence n'était pas ce que Lorenzo voulait. Plus elle était indécente, plus il avait de chances d'obtenir d'elle ce dont il avait besoin. Son corps souffrait physiquement à force d'essayer de retenir le monstre qui était en lui. La douleur que sa queue ressentait n'était pas moins sévère. Les boutons de son rabat s'enfonçaient dans sa chair. La douleur était la seule chose qui retenait son orgasme. Et il n'était même pas encore en elle.

Lorenzo avala de l'air lorsqu'il sentit soudain ses deux mains sur sa culotte, libérant le bouton du haut. Sa queue se réjouit à la perspective de sentir ses mains chaudes sur lui.

— Oui, marmonna-t-il. Sortez-moi.

Quelques instants plus tard, Bianca libérait sa verge et enroulait ses mains autour de sa chair dure. Pendant quelques secondes, il ne put que respirer, essayant de ne pas penser à ce qu'elle faisait de peur de perdre complètement le contrôle. Sa main se dirigea vers la sienne, arrêtant ses mouvements avant qu'elle ne puisse terminer sa caresse.

En levant la tête de ses seins et en regardant son visage rougi, il se rendit compte qu'elle était aussi hypnotisée que lui. Ses paupières étaient baissées, sa lèvre inférieure serrée entre ses lèvres, maintenue par ses belles dents blanches. Une lueur de sueur scintillait sur sa peau, plus transpirante qu'aucune dame ne voudrait jamais être vue. Pourtant, Bianca ne cherchait pas à cacher son excitation.

Incapable de résister à la femme qui tenait si fermement sa queue entre ses mains, il captura à nouveau ses lèvres et ne retint rien. Comme un ancien Romain, il conquit, abattant des murs qui n'avaient jamais existé, aplatissant le territoire qu'il revendiquait. Elle l'accueillit avec plus d'enthousiasme et d'habileté que n'importe quelle jeune femme bien élevée aurait dû le faire.

Lâchant ses mains, Lorenzo la souleva dans ses bras en ignorant sa façon de caresser son sexe avide. Il la serra contre lui, il balaya le bureau d'une main, envoyant le papier et les instruments d'écriture s'éparpiller sur le sol, avant de la coucher sur le dos, écartant ses jambes tandis qu'il se reculait.

Une dernière déchirure, et la robe était maintenant en deux morceaux. Ses yeux affamés dévoraient le somptueux festin qui s'offrait à lui. Une chair crémeuse, des courbes luxuriantes, des vallées profondes. Pourtant, une vallée était encore couverte par sa culotte. Il saisit le mince tissu blanc entre ses doigts et le déchira. Le bruit du tissu déchiqueté résonna dans le bureau. Seule la respiration de Bianca était plus forte.

Tandis qu'il retirait le tissu de sa peau et exposait sa belle chatte, les souvenirs de la nuit précédente inondaient son esprit. Son goût, son odeur, la façon dont elle s'était tortillée sous lui. Mais cette fois-ci, il allait explorer son corps d'une manière différente, beaucoup plus profonde.

Lorenzo se pencha sur elle, repoussant les cheveux de son cou et posa ses lèvres sur sa veine. Elle palpitait dans un tempo excité, tap-tap-tap, plus vite, toujours plus vite. Tandis qu'il embrassait son cou, sa queue s'installa au cœur de la jeune femme. Ses hanches se déplaçaient d'avant en arrière, laissant son érection glisser sur son centre. À chaque glissement contre sa chair, son contrôle se rapprochait d'un iota de la rupture.

Il n'avait aucune patience pour une longue séance d'amour. La prochaine fois, il la baiserait lentement, mais, cette fois-ci, il devait la prendre rapidement. La prochaine fois ? Il ne prévoyait pas de prochaine fois. Il ne devrait pas, mais son corps ne semblait pas être d'accord avec son esprit dans ce cas. Une fois ne suffisait pas.

Bien, deux fois alors, concéda-t-il en se battant avec lui-même. Il la baiserait deux fois, ici et maintenant. Ramenant ses hanches en arrière, il aligna sa queue avec sa chatte et poussa vers l'avant. D'une poussée puissante, il s'installa dans son canal serré, tandis que ses muscles l'agrippaient et que son jus le trempait.

— Putain ! s'écria-t-il en serrant la mâchoire.

Il n'y avait pas eu de barrière, ce qu'il avait deviné à la façon dont elle avait ouvert ses jambes pour lui : pas comme une vierge timide, mais comme une femme qui savait ce qui l'attendait. Il se réjouissait de savoir qu'elle n'est pas vierge. Au moins, cela signifiait qu'il pouvait la baiser à fond, parce que c'était ce dont il avait besoin.

Sa queue s'enfonça en elle et Bianca laissa échapper un gémissement qui fut étouffé par un râle de plus en plus puissant venant de lui. Dans un rythme effréné que son sexe lui imposait, il se retira, puis s'enfonça de nouveau en elle quand elle mit ses jambes autour de ses hanches pour faciliter les mouvements et qu'elle enroula ses pieds derrière son dos en l'enfermant dans son corps.

Ses seins rebondissaient à chaque poussée, de haut en bas, d'un côté à l'autre. Lorenzo y enfonça ses lèvres, suçant alternativement ses tétons et léchant sa chair. Mais s'il avait pensé qu'en la baisant, il reprendrait le contrôle de son côté vampire, il se trompait.

Ses crocs s'allongèrent et il n'arriva plus à garder les pointes acérées cachées dans sa bouche. Elles dépassaient ses lèvres et venaient buter contre ses seins dodus. Lorenzo travaillait frénétiquement ses hanches, enfonçant sa queue douloureuse dans et hors d'elle dans l'espoir que sa libération l'aiderait à reprendre le contrôle, mais plus il la baisait — plus sa gaine chaude le berçait — moins il était en mesure d'exercer son contrôle.

Ses ongles ratissaient son dos, le tenant fermement contre elle, et ses talons s'enfonçaient dans son dos, le poussant plus profondément en elle à chaque poussée. Ses hanches tournoyaient contre les siennes, et les sons de plaisir qui quittaient ses lèvres ne pouvaient être étouffés que par le bruit du sang qui s'écoulait de ses crocs jusque dans sa gorge.

Il avait besoin de son sang. Maintenant. Ce n'est qu'alors qu'il trouverait la vraie libération avec elle. La prise de conscience le frappa comme un bateau qui s'écrase sur une jetée.

Ses crocs grattèrent la chair rose de ses seins, l'effleurant. Une goutte de sang apparut sur sa peau. Elle était minuscule, mais sa puissance était indéniable.

— Lorenzo, maintenant, s'il te plaît, marmonna-t-elle en se jetant sur lui pour attraper ses fesses et le forcer à plonger plus profondément.

Avec un rugissement, il recula d'un bond. Non ! S'il continuait, il la sucerait jusqu'à la moelle, car il avait quasiment perdu tout son contrôle. Malgré les mains et les jambes de Bianca qui l'agrippaient fermement, il se retira d'elle et détourna les yeux, inclinant la tête loin d'elle.

Sa protestation fut instantanée.

— S'il te plaît, ne t'arrête pas. Pas maintenant.

— Je ne peux pas, dit-il en pressant le pas et en se dirigeant vers la porte plus vite que si le soleil levant était sur ses talons.

L'odeur de son sang le poursuivit jusqu'à sa chambre à coucher. Et l'odeur de sa chatte était encore sur sa queue, un rappel douloureux qu'il n'avait pas trouvé la libération, ni ne lui avait accordé l'apogée dont elle avait été si proche.

Bianca n'était pas bonne pour lui. Elle était trop tentante. Il ne comprenait pas pourquoi il perdait le contrôle avec elle, alors qu'il n'avait jamais eu de problème à se maîtriser lorsqu'il baisait les putes qu'il fréquentait habituellement. Au lieu de soulager ses pouvoirs de vampire, le sexe les avait rendus plus difficiles à contrôler. Il avait toujours été capable de laisser son côté vampire émerger à volonté, mais pas avec Bianca. Lorsqu'il était près d'elle, son corps tout entier hurlait pour qu'il la prenne.

Il ne pouvait pas laisser une femme avoir un tel pouvoir sur lui. Il l'avait déjà fait une fois. Cela avait failli lui coûter la vie. Il avait beau vouloir assouvir son désir avec elle, il ne pouvait pas s'y risquer.

Bianca devait partir.

10

Presque étourdie, Bianca se laissa glisser du vieux bureau de son père. Les mains tremblantes, elle tira sur le tissu déchiqueté de sa robe pour couvrir son torse. Son entrejambe palpitait de façon incontrôlable. La frustration fit place à la surprise, puis à l'embarras, et enfin à la colère. Comment Lorenzo osait-il la baiser avec une telle passion brute et la quitter avant d'avoir fini ?

Sa poitrine se gonflait, son corps essayant encore de redescendre du sommet qu'il avait presque atteint. Elle avait été si proche d'un apogée monumental pour finalement s'effondrer comme une vague s'écrasant sur le rivage sablonneux sans jamais avoir atteint sa crête la plus haute.

Bianca voulait hurler de frustration. Mais ce qu'elle voulait encore plus, c'était que Lorenzo continue. Serrant sa robe sur le devant, elle sortit en courant du bureau et se dirigea vers les escaliers. Si Lorenzo avait perdu son érection et n'avait pas été capable de se libérer avec elle, alors elle ferait n'importe quoi pour le remettre dans la bonne humeur afin qu'il puisse finir ce qu'ils avaient commencé.

Elle avait suffisamment d'expérience pour savoir comment réveiller une verge molle. Les mots de Lorenzo disant qu'il ne pouvait pas le faire ne pouvaient signifier qu'une chose : sa virilité avait un peu de mal à fonctionner. Même si cela semblait quelque peu étrange étant donné que sa queue avait été plus dure que tout ce qu'elle avait jamais senti, ce n'était pas parce qu'il était dur qu'il pouvait trouver la libération. Peut-être avait-il besoin de plus de stimulation.

Sans frapper, Bianca ouvrit la porte de la chambre de son père et entra.

Lorenzo se tenait près du lit, fermant le bouton supérieur de sa culotte. Il tourna instantanément la tête vers elle, et la fixa avec des yeux remplis de fureur.

— Partez ! Tout de suite !

Sa voix ressemblait à un tonnerre qui aurait effrayé une femme de moindre importance, mais pas Bianca. La plupart des chiens qui aboient ne mordent pas. Les hommes étaient pareils. Plus ils criaient fort, plus ils étaient doux à l'intérieur.

— Non ! Je refuse de me laisser traiter de la sorte. Et je ne partirai pas !

Le grondement qui sortait de sa gorge ressemblait plus au grognement d'un animal qu'à celui d'un homme.

— Je m'excuse pour ce qui s'est passé dans le bureau, dit-il en serrant les dents, les veines de son cou tendues, prêtes à se rompre en un instant. Cela ne se reproduira plus.

— Au moins, nous sommes d'accord sur ce point.

Il hocha la tête avec raideur, puis lui tourna le dos.

— Dans ce cas, veuillez vous retirer de ma présence.

— Je ne ferai rien de tel.

Ses épaules se crispèrent visiblement et il serra si fort les poings que leurs phalanges devinrent blanches.

— Qu'attendez-vous de moi ? Une nouvelle robe ? Je vous achèterai dix nouvelles robes pour celle que j'ai gâchée.

Bianca fit quelques pas vers lui.

— Ne vous approchez pas !

Choquée par la dureté de son ton, elle s'arrêta.

— Je ne suis pas intéressée par une nouvelle robe. Mais je peux vous aider.

— M'aider ?

Elle s'attendait au ton incrédule de sa voix. La plupart des hommes ne savaient pas gérer les problèmes liés à leur virilité. Et si une femme les leur faisait remarquer, ils se mettaient sur la défensive.

— Oui. Il peut y avoir des raisons très simples pour lesquelles vous n'avez pas pu trouver la libération. Je peux...

Lorenzo se tourna si vite pour lui faire face qu'elle fit instinctivement un pas en arrière.

— Vous pensez que je ne suis pas à la hauteur ?

Sa question s'était transformée en accusation à la façon dont il l'avait prononcée. Ses yeux se rétrécirent et sa mâchoire se serra.

— Je vous assure, Madame, que, si j'avais voulu me libérer dans votre corps, j'aurais pu le faire plusieurs fois.

Bianca grimace. *Débauché arrogant !*

Tout ce qu'elle faisait, c'était d'essayer de l'aider à surmonter son problème, et qu'est-ce qu'il faisait ? Il niait.

— Je ne vous crois pas.

— Madame ! Me traitez-vous de menteur ?

Elle haussa les épaules et laissa ses mains tomber sur les côtés, laissant sa robe s'ouvrir sur ses seins nus. Baissant légèrement les paupières, elle jeta un coup d'œil à sa culotte. Le bourrelet sous la culotte était toujours visible. Il était aussi dur qu'avant.

— Je ne fais que constater ce que je vois. Vous n'avez pas fini, non seulement vous êtes frustré, mais vous m'avez aussi laissée frustrée.

Bianca le regardait, essayant de paraître insensible à l'érection grandissante derrière son pantalon et à la tache humide qui avait commencé à s'infiltrer à la surface.

— J'attends d'un homme qu'il me satisfasse. Sinon, je ne vois pas comment je pourrais prétendre qu'il est un bon amant.

Du coin de l'œil, elle remarqua que ses lèvres formaient une fine ligne. Elle le voyait bien en train de fulminer.

— Madame ! Attention à ce que vous dites !

Se retournant comme pour partir, elle asséna le dernier coup.

— Et vous, Monsieur, vous êtes un amant inutile.

Avant qu'elle ne puisse faire un deuxième pas vers la porte, Lorenzo l'attrapa par-derrière et la souleva. Un instant plus tard, elle atterrissait sur le lit, à plat ventre, le souffle court.

— Un amant inutile ? Je ne crois pas !

Ses mains lui enlevèrent la robe, et d'autres bruits de déchirure indiquèrent qu'il se déshabillait en même temps. Puis il lui saisit les hanches et les tira vers l'arrière, l'amenant à genoux, avant que sa queue dure comme le roc ne plonge profondément dans son canal encore humide.

La force avec laquelle il la pénétrait l'aurait fait tomber du lit de l'autre côté s'il n'avait pas tenu ses hanches en étau.

— Je vous apprendrai à me traiter de menteur !

La fureur colorait encore ses mots alors qu'il donnait sa prochaine poussée avec la même intensité que la première. Bianca haleta, inspirant une bouffée d'air, incapable de faire quoi que ce soit d'autre que de recevoir sa verge. Aucun de ses précédents amants n'avait osé la prendre aussi fort, aussi vite, aussi furieusement.

Elle gémit, surprise par le plaisir intense qu'elle ressentait alors que son corps se heurtait au sien à plusieurs reprises, s'enfonçant plus profondément à chaque poussée.

Lorenzo grogna comme en réponse à ses gémissements.

Bianca tenta de soulever sa tête des draps dans lesquels elle était pressée pour se mettre sur les mains, mais il appuya une main sur le haut de son dos pour la maintenir à plat ventre.

— Vous avez eu l'occasion de vous échapper, siffla-t-il en entrant et sortant d'elle.

— Pas d'échappatoire, c'est tout ce qu'elle put dire, avant d'avoir besoin d'une autre respiration. Encore.

Depuis quand avait-elle recours à la mendicité ?

Sa deuxième main revint sur ses hanches, tandis que son érection se retira brusquement d'elle.

— Non ! hurla-t-elle.

Allait-il s'arrêter une fois de plus, la laissant insatisfaite ? Elle tendit la main derrière elle, essayant de l'attraper et de le tirer en arrière, mais il repoussa sa main.

— Non ! prévint-il. Un seul contact et je jouis.

Elle le sentit s'éloigner, mais un instant plus tard, son souffle chaud était sur son sexe. Il l'écarta, l'exposant à lui d'une manière qui aurait dû la gêner. Mais elle n'eut pas le temps d'être gênée, car la prochaine chose qu'elle sentit fut sa langue lécher sa fente.

Son corps trembla sous l'assaut sensuel, mais il n'y eut pas de répit. Sa langue s'avança, léchant sa perle sensible. Des flammes dansaient sur sa peau, transformant son corps en un véritable brasier. La transpiration perlait sur sa chair nue. Et pendant tout ce temps, Lorenzo léchait le faisceau sensible de nerfs qui menaçait de la transformer en une femme gémissante et incontrôlable.

Ses dents effleuraient ses plis, faisant frissonner tout son corps.

— Oui !

Lorsqu'il aspira sa perle entre ses lèvres et la fit entrer dans sa bouche, tout vola en éclats. Les tremblements de son corps s'intensifièrent, indiquant l'approche d'une libération qu'il lui avait refusée jusqu'alors. Elle ne la combattit pas, mais l'accueillit, se laissant tomber dans la profondeur de son intensité.

Des vagues de plaisir se déversaient en elle, oblitérant tout le reste dans son esprit. Ce n'est que lorsqu'elle sentit un élargissement et un étirement de son canal qu'elle réalisa que la queue de Lorenzo était de nouveau en elle, la chevauchant avec force et rapidité. Ses muscles l'agrippaient, ne voulant pas qu'il la quitte à nouveau.

Son gémissement profond et la crispation de son corps signalèrent la perte de son contrôle. Un instant plus tard, la chaleur de sa semence l'inonda. Et pour une fois dans sa vie, elle ne le força pas à sortir d'elle, elle ne se soucia pas des précautions qu'elle aurait dû prendre pour empêcher la conception. Pour une fois dans sa vie, elle accueillit la semence de son amant avec une avidité qu'elle ne pouvait expliquer autrement que par la folie. Car c'était de la folie que de permettre à cet inconnu de l'amener à de tels sommets et de la faire se soumettre à lui comme elle ne s'était jamais soumise à aucun homme.

11

Alors que les dernières vagues de son orgasme s'atténuaient, Lorenzo sentit ses crocs reculer de quelques millimètres. Elles étaient descendues au moment où Bianca était entrée dans la chambre. Il avait été forcé de les lui cacher en la prenant par-derrière alors qu'il voulait plus que tout voir son visage lorsqu'il la ferait jouir.

— Vous vous accrochez toujours à votre opinion précédente, Madame ?

La jeune femme eut le culot de glousser pour répondre à sa question. Lorenzo enfonça ses mains dans ses cheveux et souleva sa tête des oreillers sans déloger sa queue de sa douce grotte. Il n'était pas prêt à quitter ce canal de plaisir pour un moment. D'ailleurs, il était toujours aussi dur que la pierre que tout à l'heure et avait besoin de se défouler une fois de plus pour reprendre le contrôle de son corps.

— Ne jouez pas avec moi, Madame. Comme vous pouvez le voir, il vous arrive des choses sauvages quand vous me provoquez.

— Lorenzo, tu ne penses pas qu'il est temps de m'appeler par mon prénom ?

Elle marqua une pause et laissa échapper un délicieux et doux soupir.

— Étant donné que tu es toujours en moi et que tu es clairement désireux de recommencer.

Lorenzo se retira de son fourreau jusqu'à ce que seul son gland soit encore en elle. Puis, laborieusement, il s'enfonça de nouveau en elle, son mouvement étant lent et mesuré cette fois.

— Pas un amant si inutile que ça, après tout, hum ?

Puis il essaya de prononcer son nom.

— Bianca.

Et la façon dont il roula sur sa langue et sur ses lèvres lui fit du bien.

Elle s'avança vers l'avant, faisant glisser sa queue à mi-chemin avant de la repousser dans ses reins, la prenant au plus profond.

— Très utile, surtout s'il peut recommencer si vite.

— Il peut.

Lorenzo se sourit à lui-même. Qui aurait cru que la fille bien élevée d'un marchand de Venise trouvait un tel plaisir dans les arts charnels alors que, pour commencer elle ne devrait pas avoir de telles connaissances ? Avait-elle peut-être été mariée et était-elle maintenant veuve ?

Il secoua la tête. La raison pour laquelle elle lui répondait n'avait pas d'importance. Il n'était intéressé que par l'assouvissement de son désir avec elle. Et si elle aimait ça, c'était encore mieux.

Ses crocs le démangeaient toujours, mais le fait de la baiser de façon aussi brutale avait calmé son besoin. Cependant, l'envie de prendre son sang n'avait pas disparu. Peut-être qu'une deuxième baise mettrait fin à ce besoin. Mais cette fois, il voulait que ce soit lent et doux, mais il ne pouvait pas changer de position, il ne pouvait pas lui permettre de voir son visage. Il savait que ses yeux brillaient encore, comme ils le faisaient toujours lorsque son besoin de sang était fort. Et la vue de ses crocs l'effraierait et la ferait reculer.

Il aimait baiser les femmes par-derrière. Il avait toujours aimé ça : le contrôle, la vue sur leurs fesses rondes, et le fait qu'il pouvait les pénétrer plus profondément que dans n'importe quelle autre position.

— Alors, tu aimes ma queue ? demanda Lorenzo, en glissant d'avant en arrière en elle au ralenti.

Étrangement, il avait envie qu'elle réponde par l'affirmative.

— Tu cherches des compliments ? répondit-elle en gémissant.

— Réponds à la question.

Il donna une impulsion rapide pour lui faire comprendre qu'il était le chef et que cela ne changerait pas.

Bianca haletait.

— Dure. Grosse. Qu'est-ce qu'une femme peut demander d'autre ?

— Tu la trouves grosse ?

Bon sang, il se transformait en chasseur de compliments. De la main, il écarta le rideau de cheveux de la jeune femme pour voir son visage. Elle était rouge, ses joues étaient roses. Son cou gracieux scintillait d'humidité, l'odeur de sa sueur propre l'incitant à s'approcher.

Il se colla dans son dos, veillant à ne pas peser sur elle, et approcha ses lèvres de sa nuque. Lorsqu'il les effleura sur sa peau brûlante, elle frissonna visiblement.

— Très grosse, murmura-t-elle.

Lorenzo déposa des baisers le long de son cou jusqu'à son oreille. Magnifiquement formée et petite, son oreille était une trop grande tentation pour ne pas la goûter. Il tira le lobe de son oreille entre ses lèvres et le suça.

Un autre son de plaisir s'échappa de ses lèvres, le faisant sourire tandis que sa queue sautait de joie, entrant et sortant d'elle sans relâche. Son canal était luisant et chaud de leurs jus combinés. Pourtant, malgré la lubrification abondante, son fourreau l'agrippait fermement, ses muscles se détendaient à chaque course vers l'intérieur et le pressaient à chaque recul.

— J'aime ce que ta douce chatte me fait.

Les mots sortirent avant qu'il ne puisse les arrêter. Il pouvait parler ainsi à une pute, mais pas à une femme bien élevée. Bianca le jetterait sûrement de son dos maintenant.

— Tu veux dire ça ?

Ses muscles intérieurs le serrèrent encore plus fort.

Il fut surpris, avant d'être rapidement heureux. Bianca ne voyait pas d'inconvénient à ce qu'il parle de choses cochonnes. Pouvait-il pousser sa chance encore plus loin, les exciter encore plus tous les deux — si c'était possible — en partageant ses fantasmes avec elle ?

— Chérie, où as-tu appris de tels tours ?

Soudain, elle se raidit et arrêta ses mouvements. Ses mains se tendirent vers l'arrière, essayant de le repousser, mais il ne laissa pas sa queue la quitter et la maintint au sol.

— Laisse-moi partir.

— Qu'est-ce qui ne va pas ? Je croyais qu'on s'entendait bien.

Pour souligner son point de vue, il s'enfonça plus fort en elle, augmentant son rythme.

— Je ne veux plus de ça.

Quelque chose n'allait pas du tout. D'une seconde à l'autre, sa compagne passionnée s'était refroidie. Et il allait comprendre pourquoi, même si cela signifiait se retirer d'elle et interrompre la course vers son prochain orgasme.

Lorenzo se détacha d'elle, mais avant que Bianca ne puisse se précipiter hors du lit, il la retourna sur le dos et la berça dans ses bras pour ne pas la laisser pas de partir.

— Lâche-moi !

— Chut.

Il passa sa main dans son dos, la fit glisser jusqu'à ses jolies fesses et la pressa contre lui. Ses seins généreux s'aplatissaient contre son buste musclé. Lorenzo appréciait la sensation de Bianca dans ses bras plus qu'il n'avait jamais apprécié de bercer une femme auparavant. Il attribuait cette sensation à l'anticipation que sa queue manifestait à l'idée de la baiser à nouveau une fois qu'il aurait compris pourquoi elle voulait soudainement quitter son lit.

— Qu'est-ce que j'ai fait ?

Pressant sa tête contre son cou, il s'assura qu'elle ne pouvait pas regarder son visage, bien qu'elle ne semblait pas vouloir le regarder pour le moment.

— Rien, maintenant, lâche-moi.

Elle fit une nouvelle tentative pour se dégager de son emprise, mais il ne fit que la serrer plus fort contre lui, glissant une jambe entre ses cuisses, sa queue s'enfonçant dans son centre. La respiration de la jeune femme s'arrêta, et il sut qu'il avait gagné : elle ne quitterait plus son lit.

— Tu en voulais encore. Dis-moi ce que j'ai fait pour te faire changer d'avis, et je me rattraperai.

Il était certain de trouver plusieurs choses qui pouvaient l'apaiser.

Lorenzo glissa sa main dans sa chevelure luxuriante et l'y enfouit ; il appréciait la douceur soyeuse de ses tresses. Elle sentait bon, et il y enfonça son visage, se laissant engloutir par son parfum séduisant. Il inspira profondément, absorbant son essence dans ses poumons. Son sexe se raidit davantage, envoyant de petites charges sensuelles à travers son corps. Il ne comprenait pas comment le simple fait de tenir cette femme dans ses bras pouvait l'amener à de tels sommets. Elle était un trésor qu'il voulait piller encore et encore.

— Pas besoin de me traiter comme une pute !

La réponse de Bianca arriva enfin, et, même s'il n'aimait pas ce qu'il entendait, il le préférait à son silence.

— Je ne t'ai pas traitée comme une pute. Si tu te souviens, je t'ai demandé de partir pour que je ne te déshonore pas, mais tu ne m'as pas laissé...

— Je ne parle pas de ça.

— Alors, de quoi parles-tu ?

Même s'il se doutait de ce dont il s'agissait, il voulait l'entendre de sa bouche. Il n'était pas doué pour interpréter les femmes, et il n'allait pas commencer à essayer maintenant.

— Tu insinuais que j'étais une pute.

Lorenzo inclina la tête de la jeune femme vers lui, sachant que ses crocs avaient complètement disparu à présent. Lorsqu'il croisa son regard, il vit clairement la douleur qui l'habitait.

— Je n'ai rien fait de tel.

— Tu m'as demandé où j'avais appris à...

Sa voix s'interrompit, comme si elle était trop gênée pour parler de ce qu'elle avait fait.

— À serrer ma queue comme ça ?

Il lui sourit, puis effleura ses lèvres.

— J'ai aimé ça. Beaucoup. Et je ne voulais rien dire d'autre.

— Vraiment ?

L'incrédulité colorait encore sa voix.

— Vraiment. Je voulais seulement te complimenter et te montrer que j'appréciais. Il est rare que je trouve une femme qui puisse vraiment me donner du plaisir.

Il s'arrêta un instant, volant un autre doux baiser.

— Et tu m'en donnes.

Lorenzo se surprit lui-même à être si doux et si tendre envers elle. Quelques minutes plus tôt, il était excité comme un marin et à peu près aussi raffiné qu'une bande de voyous en furie. Pourtant, il voulait maintenant que Bianca le comprenne. Il se disait que c'était simplement pour pouvoir continuer à la baiser, mais même son propre esprit le traitait de menteur. Au plus profond des plis sombres de sa psyché, quelque chose d'oublié depuis longtemps s'agitait. Il ne voulait pas savoir ce que c'était et le repoussa avant que son œil intérieur ne puisse l'apercevoir et reconnaître son existence. Non, il ne pouvait pas se permettre de ressentir ce qu'il avait ressenti il y a longtemps. Il y avait trop de danger dans cette pensée.

Un doux sourire se dessina sur ses lèvres, et l'étincelle dans ses yeux lui indiqua qu'il avait trouvé les mots justes. Pouvait-il dès à présent recommencer à la pénétrer, ou avait-elle besoin d'être apaisée ? Ne voulant pas prendre de risque, il décida de la courtiser encore un peu. *La courtiser ?* D'où lui venait cette pensée irrationnelle ?

— Tu es un trésor, murmura-t-il en déposant de doux baisers sur sa joue, avant de descendre plus bas.

La peau veloutée sous son menton l'incita à la mordiller. Obligatoirement, elle se cambra en arrière, lui offrant la colonne blanche de sa gorge. Le rythme cardiaque de Lorenzo s'accéléra. Si elle savait ce qu'il était, elle n'aurait jamais exposé sa vulnérabilité de cette façon. Il en était certain. Néanmoins, il appréciait le geste, même si Bianca ne pouvait pas savoir ce qu'il signifiait.

— Trop belle pour moi. Trop tentante.

Son souffle ronronnant murmurait le long de sa tempe tandis qu'il capturait sa peau entre ses lèvres et la suçait timidement. Des visions de lui en train de la mordre et de goûter son sang riche dansaient devant ses yeux, lui donnant envie de passer à l'acte, de prendre ce qui devrait être sien. Il voulait simplement utiliser ses pouvoirs sur elle pour lui faire oublier, sans se soucier des conséquences. Son côté vampire le poussait à oublier ses scrupules et ses crocs s'allongeaient déjà alors que le désir de son sang prenait le pas sur sa sécurité et même sur son désir.

Lorenzo ouvrit ses lèvres et laissa émerger les pointes acérées de ses crocs. Lorsqu'elles effleurèrent sa peau, le contact envoya un éclair dans son corps, plus intense que son précédent orgasme. Il savait que ses crocs étaient aussi sensibles que sa queue, mais il n'avait pas été préparé à l'assaut sensuel que le contact avec la chair de Bianca avait produit. Jamais il n'avait ressenti un plaisir aussi intense au contact de ses crocs avec la peau d'une humaine. Sa bouche s'ouvrit plus grand, et sa langue s'insinua contre sa peau, l'enduisant de sa salive pour qu'elle n'ait pas à souffrir. Lentement, l'impatience le gagnant, il planta ses crocs et...

— Tu me fais me sentir en sécurité.

Cette remarque à voix basse le fit s'arrêter.

En sécurité ? Qu'est-ce qui, dans son comportement, lui avait inspiré cette réaction ? La posséder sur le bureau de son défunt père ? Lui crier dessus pour la faire partir ? La baiser comme un animal ?

Bianca n'était pas en sécurité avec lui. Mais, bon sang, à ses mots, ses crocs se rétractèrent en un instant, comme si elle l'avait ordonné. Il ne pouvait pas trahir la confiance qu'elle lui témoignait. S'il la mordait maintenant, il tomberait plus bas qu'il ne l'avait jamais fait. Et pour une fois, il ne voulait pas se sentir coupable et sale. Il ne voulait pas de l'arrière-goût amer de la trahison. Il ne voulait pas entacher leur rencontre avec cela. Au lieu de cela, il voulait quelque chose de pur : de la passion pure, de la luxure pure.

Lorenzo retira ses lèvres de son cou et la regarda dans les yeux.

— Douce Bianca, je dois avouer que, même si tu te sens en sécurité avec moi, tu ne l'es pas.

Ses yeux s'écarquillèrent.

— Je ne crois pas que tu me ferais du mal.

— Je l'ai peut-être déjà fait.

Pouvait-elle vraiment être aussi naïve, ne sachant pas ce qu'il avait déjà fait ?

— Je n'ai pris aucune précaution.

— Précautions ? répéta-t-elle.

— Pour empêcher la conception. Tu comprends certainement ce que cela signifie.

Et cela lui confirma autre chose : une prostituée aurait fait en sorte d'éviter une grossesse non désirée. Une jeune femme comme elle — qui n'était pas vierge — n'avait pas assez d'expérience pour le faire. Il ne savait pas pourquoi cette idée lui plaisait.

— Oh.

Ses lèvres formaient le plus parfait des petits cercles qu'il aurait aimé embrasser, s'il n'avait pas été préoccupé par le fait de la rassurer.

— Je suis un homme honorable.

Depuis quand ? lui demanda sa voix intérieure.

— Par conséquent, permets-moi de t'assurer que, si notre rencontre aboutit à un enfant, je ferai mon devoir et vous soutiendrai financièrement, toi et l'enfant. Tu n'as pas à t'inquiéter.

C'était la première fois qu'il s'inquiétait d'une telle chose. Les prostituées qu'il visitait régulièrement veillaient toujours à ce qu'un tel accident ne se produise pas. Et dans les années qui avaient suivi Sabina, il n'avait pas baisé une femme respectable dont il aurait eu à craindre qu'elle soit enceinte. Et il n'avait jamais eu de maîtresse. Bianca était-elle sa maîtresse maintenant ?

En l'emmenant dans son lit, l'avait-il acceptée comme sa maîtresse ? S'attendait-elle à ce qu'il la garde maintenant ? Pourquoi les choses s'étaient-elles compliquées si rapidement ? Tout ce qu'il voulait, c'était assouvir son désir, et, soudain, il se sentait embarqué dans une affaire qu'il n'était pas sûr de vouloir.

Oh, il voulait Bianca, sous lui, au-dessus de lui, devant lui, nue et haletante. Il n'y avait aucun doute là-dessus. Mais la voulait-il dans son lit tous les soirs ? La voulait-il dans sa maison, dans sa vie privée ?

Lorsqu'il regarda à nouveau son beau visage, il remarqua qu'elle était devenue silencieuse.

— Bianca, il y a un problème ?

Bianca avait envie de se gifler pour sa propre stupidité. Comment avait-elle pu se laisser aller ainsi dans le feu de la passion, sans penser aux conséquences possibles ? Pendant toutes ces années de concubinage, elle n'avait jamais oublié d'empêcher la conception. Qu'est-ce qui lui avait pris ?

— Bianca ?

Comme à travers un brouillard, elle fixa Lorenzo, ses mots résonnant encore à ses oreilles. Il s'occuperait d'elle *financièrement*. Rien n'avait changé. Elle était toujours une concubine. La seule différence était que, maintenant elle était de retour à Venise où les gens la connaissaient. Autant dire qu'elle avait commencé une nouvelle vie.

— Tout va bien. Je suis sûre qu'il ne s'est rien passé.

Et si c'était le cas, elle ne le lui dirait pas. Elle ne se laisserait pas piéger. Plus que jamais, il était important qu'elle trouve le trésor, afin qu'elle puisse partir et se débrouiller avec les cartes qu'elle avait reçues.

Lorenzo lui sourit.

— Alors... dit-il en déposant un doux baiser sur ses lèvres. Où en étions-nous ?

12

Lorenzo se dégagea des bras de Bianca en prenant soin de ne pas la réveiller. Son ouïe sensible avait capté un bruit provenant de la porte d'en bas. C'était une heure avant le lever du soleil, mais, malgré le fait que Bianca n'était entrée dans sa vie que trois nuits auparavant, le rythme de sommeil de Lorenzo avait été bouleversé. Au cours des deux derniers jours, il avait à peine quitté son lit, quelle que soit l'heure. Il était plus qu'à l'aise en laissant Bianca dormir dans ses bras et en la réveillant chaque fois que le besoin de la baiser devenait trop grand — ce qui était souvent le cas.

Même s'il ne la réveillait pas toujours. La dernière fois, elle était tellement fatiguée et épuisée qu'il ne l'avait même pas réveillée, mais lui avait enfoncé sa grosse queue alors qu'elle était encore endormie. Ce n'était que lorsqu'il avait commencé à la baiser qu'elle avait ouvert les yeux et gémi son plaisir en souriant comme si elle voulait toujours se réveiller de la même manière. Et Lorenzo lui avait promis qu'il exaucerait son souhait bien volontiers.

Mais pour l'instant, il devait la laisser dormir et permettre à son corps fatigué de se reposer pendant qu'il enquêtait sur les bruits venant de l'extérieur de sa porte d'entrée.

Sans faire de bruit, Lorenzo se glissa dans sa robe de chambre, noua la ceinture autour de sa taille, mit ses pantoufles et sortit de la chambre à coucher. Il ne se donna pas la peine de trouver une bougie, et descendit l'escalier dans l'obscurité. Un nouveau coup frappé à la porte indiqua que son visiteur s'impatientait.

Lorenzo s'arrêta devant la lourde porte, sachant déjà qui se trouvait de l'autre côté. Il tourna la clé et ouvrit la porte.

— Il était temps. Tu es sourd ? demanda Nico en poussant la porte pour entrer.

Lorenzo ferma la porte et se retourna vers son ami, qui le regardait de haut en bas comme s'il regardait un fantôme.

— Bonsoir, Nico.

— Tu dormais ? Au milieu de la nuit ?

Pour un vampire, c'était tout à fait inhabituel. C'était comme si un homme en bonne santé se mettait soudainement à faire une sieste.

— Bien sûr que non ! nia Lorenzo.

— Tu baisais alors, je suppose.

Il ignora le commentaire et lui montra le salon, ne voulant pas réveiller Bianca avec leur conversation.

— Qu'est-ce qui t'amène ici si près du lever du soleil ? Je suppose que c'est important.

Nico entra dans le salon, puis se laissa tomber dans le canapé.

— J'aurais bien voulu venir plus tôt, mais j'ai dû retrouver monsieur Mancini dans l'un de ses lieux de perdition à son retour en ville. Il semble qu'il ait un petit endroit pour le week-end sur le continent. Quoi qu'il en soit, après avoir discuté avec lui, une chose en entraînant une autre, j'ai été distrait.

Son ami marqua une pause.

— Si tu vois ce que je veux dire.

Comme Nico ne pouvait jamais entrer dans un tel lieu sans participer lui-même à certaines des offrandes, Lorenzo ne prit même pas la peine de feindre la surprise et ignora le commentaire.

— Tu as donc trouvé Mancini. Que t'a-t-il dit ? Est-ce qu'il va envoyer l'argent pour Bianca ici ?

Nico leva les deux bras.

— Une question à la fois. Assieds-toi. Cela peut prendre un certain temps.

À contrecœur, Lorenzo s'enfonça dans son fauteuil.

— Je suis assis.

— Un homme intéressant, ce Mancini. Heureusement pour nous qu'il est aussi intéressé par les ragots qu'une simple commère.

— Mon ami, je sais que tu aimes le théâtre, mais pourrais-tu m'épargner cette fois-ci ? Comme tu l'as si bien deviné, j'ai quelque chose à faire, et si je puis me permettre, la dame est très impatiente de recevoir une autre aide.

Le mensonge coula de ses lèvres aussi facilement que l'eau coule sous les nombreux ponts de Venise. Ce n'était pas la dame qui était impatiente d'en avoir plus, mais Lorenzo lui-même — même si c'était simplement pour la tenir dans ses bras et la bercer pendant qu'elle dormait.

La bouche de Nico se tordit.

— Si nous parlons de la même personne — et je suppose qu'il s'agit toujours de Bianca Greco, qui réside apparemment dans ton lit — alors nous ne parlons pas d'une dame.

Lorenzo se leva de sa chaise et s'élança vers Nico, l'attrapant par le col de sa chemise.

— Je te conseille de faire attention à ce que tu dis. C'est une dame malgré le fait qu'elle ait succombé à mes avances. Ce n'est pas sa faute. Je l'ai pratiquement attaquée.

Pourquoi ressentait-il le besoin de défendre son honneur, il ne voulait pas se poser la question.

Nico haussa un sourcil.

— Ah, quoi qu'il en soit, je maintiens mon opinion.

Il marqua une pause.

— Tout comme Mancini.

À la mention du nom de l'avoué, Lorenzo desserra son étreinte et lâcha son ami.

— Parle !

Nico ajusta sa cravate et lissa son gilet.

— Vas-tu te rasseoir ?

Lorenzo grogna et se remit dans le fauteuil.

— Il semble que Bianca ait fui son père qui voulait la marier à un vieil aristocrate riche. Une jeune femme à la tête dure. Elle n'a pas cédé aux exigences de son père.

L'expression « tête dure » allait parfaitement à Bianca. Il en avait fait les frais lui-même.

— Je suppose qu'elle avait déjà un soupirant et qu'elle s'est enfuie avec lui ?

Nico secoua la tête.

— Pas du tout. Elle est partie d'elle-même. Et ta douce Bianca n'a jamais été mariée.

Si elle n'avait pas été mariée, c'était qu'un goujat avait d'abord pris son plaisir avec elle, puis l'avait quittée. Sinon, pourquoi n'aurait-elle pas été vierge ?

— Son amant l'a quittée ?

— Lequel ?

La confusion gagnait Lorenzo.

— Que veux-tu dire par *lequel* ?

— Ce que j'essaie de te dire, mon cher Lorenzo, c'est que la femme qui attend actuellement dans ton lit est tout à fait à l'aise dans ce qu'elle y fait.

Un sentiment d'effroi l'envahit aux paroles de Nico, mais il n'avait pas encore compris tout ce qu'elles impliquaient.

— Qu'est-ce que tu insinues ?

Ce ne fut qu'une fois les mots prononcés que Lorenzo remarqua que sa voix s'était élevée sous l'effet de la colère.

— Je n'insinue rien. Je te dis que Bianco Greco a passé les dernières années comme courtisane de luxe à Florence. Ce n'est pas une dame et encore moins une innocente.

Le choc fit bondir Lorenzo de sa chaise. Instantanément, toutes leurs interactions lui revinrent en mémoire : la façon dont elle lui avait répondu dans son sommeil, la façon dont elle avait exigé qu'il la satisfasse, puis la façon dont elle avait serré sa queue qui lui avait donné tant de plaisir. Bien sûr, maintenant, tout s'expliquait. C'était une femme expérimentée. Et pas mieux qu'une vulgaire pute.

— Quant à l'argent, poursuivit Nico sans se décourager, elle l'a récupéré auprès de Mancini le jour où l'acte a été enregistré.

Lorenzo eut l'impression d'avoir été piégé. Elle lui avait menti sur tout depuis le premier instant.

— Elle se joue de moi.

Nico hocha la tête, l'air grave.

— J'en ai bien peur. Il ne nous reste plus qu'à découvrir quel est son plan.

— Son plan ?

La blessure dans la poitrine de Lorenzo s'élargit alors que la prise de conscience de sa trahison s'enfonçait plus profondément et s'enfouissait dans sa chair vulnérable.

— N'est-ce pas évident ? Elle veut récupérer la maison, même si cela signifie qu'elle doit répondre à mes besoins charnels.

— C'est simple. Montre-lui la porte.

Nico balaya une particule de poussière sur sa culotte immaculée, faisant un geste nonchalant du poignet.

— Je ne peux pas faire ça.

— Bien sûr, tu peux. Dis-lui de s'habiller et pousse-la dehors.

— Nico, tu ne comprends pas : j'en ai fait ma maîtresse.

Les sourcils de Nico se haussèrent sous l'effet de la surprise.

— C'est inattendu de ta part. Mais je vais te confier un petit secret, dit-il en s'avançant sur son siège. Les hommes congédient leurs maîtresses à leur guise. Fais-le maintenant. Tu n'as vraiment pas besoin d'une chercheuse d'or dans ta maison. En plus, elle pourrait nous empêcher d'atteindre nos objectifs. Je suis sûr que ni Raphael ni Dante ne seraient ravis d'avoir une humaine parmi nous, qui pourrait s'avérer être une espionne.

Lorenzo rejeta immédiatement l'idée. Bianca n'était pas une espionne. C'était une femme avide qui en voulait à sa richesse. Après avoir réalisé que son père ne lui avait rien laissé, elle avait vu sa chance et l'avait saisie. Malheureusement, il ne l'avait pas vu venir, et maintenant il y avait quelque chose d'autre qui faisait qu'il ne pouvait pas la renvoyer.

— Je ne peux pas la renvoyer. Je l'ai compromise.

Nico se leva, agité à présent.

— Elle était *déjà* compromise. Tu n'as pas baisé une vierge !

— Je le savais déjà. Mais tu ne comprends pas : Je n'ai pris aucune précaution, et elle non plus.

Nico fronça les sourcils.

— Des précautions ?

Lorenzo fit tourner sa chaise et saisit le dossier, car il avait soudain besoin de s'appuyer.

— Pour empêcher la conception. Elle pourrait déjà porter mon enfant.

Son ami poussa un soupir exaspéré.

— Je n'y crois pas. Toi ? Toi, entre tous ?

Le regard de Nico était rempli de reproches.

— Tu t'es fait avoir !

Lorenzo poussa un juron.

— Je le sais. Tu ne crois pas que je le sais ?

Il frappa du poing le dossier de son fauteuil.

— Elle a tout planifié dans les moindres détails : elle m'a séduit avec son air innocent, elle m'a bercé. Et qu'ai-je fait ? J'ai obtempéré. Maintenant, elle va utiliser un enfant pour obtenir ce qu'elle veut.

Pire encore, si elle s'avérait enceinte, il devrait prendre une décision importante : lui faire porter un enfant humain ou lui donner un enfant demi-vampire. Ses actions pendant la grossesse détermineraient le résultat. Si Bianca se nourrissait de lui pendant que l'enfant était dans son ventre, l'enfant puiserait dans son sang, grandirait en tant qu'humain, mais recevrait ses traits vampiriques et se transformerait en vampire à l'âge adulte. Mais si elle ne prenait jamais de son sang, son enfant serait parfaitement humain et le resterait. Le choix lui appartenait.

— À quoi penses-tu ? demanda Nico, qui le coupa dans ses pensées.

— Rien.

— Oh, non, tu ferais mieux de ne pas penser ce que je pense.

Lorenzo lui lança un regard agacé.

— Reste en dehors de ça. Ce ne sont pas tes affaires.

— Tu ne peux pas m'écarter aussi facilement. Si tu te demandes s'il faut faire de son enfant un demi-vampire, je te conseille vivement de reconsidérer ta décision. Tu ne connais pas cette femme. En fait, tu sais qu'elle est sournoise et intrigante.

Malgré tout ce qu'il avait entendu sur Bianca, il ne pouvait pas croire qu'il n'y avait rien de bon en elle. Dans ses bras, elle s'était sentie mieux que bien. Elle lui était apparue comme un trésor.

— Tu ne sais pas jusqu'où elle irait !

Quelque chose dans les paroles de Nico le poussa à faire attention.

— Qu'as-tu dit ?

— Tu ne sais pas ce qu'elle va faire !

Alors qu'une idée se formait dans son esprit, les lèvres de Lorenzo se retroussèrent en un sourire.

— Je suppose que je vais devoir la pousser dans ses retranchements alors.

— Je n'aime pas cette idée, répondit Nico, la voix pleine de doutes.

Lorenzo regarda vers la porte, s'imaginant entrer dans sa chambre à coucher.

— Oh, mais ça va être extrêmement plaisant de voir jusqu'où ma colombe souillée va aller avant d'abandonner et de courir aussi loin que ses pieds la portent.

Même si, secrètement, il espérait que, malgré ce qu'il comptait lui faire subir, elle resterait. C'était une idée folle, mais il ne pouvait pas l'empêcher de s'installer dans son esprit.

13

Lorenzo ferma doucement la porte de sa chambre à coucher, car il ne voulait pas faire de bruit pour ne pas réveiller sa compagne endormie. Il s'approcha de son armoire qui ne contenait pour le moment qu'une quantité minime de ses vêtements. Son valet avait livré une malle la nuit précédente et voulait arranger l'armoire de son maître en même temps, mais Lorenzo l'avait renvoyé et lui avait demandé de prendre quelques jours de congé, car il voulait être seul avec Bianca. C'était aussi bien. Il n'avait besoin d'aucun public ni d'aucune interruption pour ce qu'il avait en tête maintenant.

Il ouvrit la malle, fouilla dans son contenu jusqu'à ce qu'il sente de la soie caresser ses doigts. Il tira sur l'étoffe et libéra une écharpe de la pile bientôt suivie par une cravate en soie. En examinant les deux articles qu'il tenait dans sa main, il envisagea d'en ajouter deux autres, mais repoussa l'idée. Deux suffiraient pour ce dont il avait besoin.

Lorenzo s'apprêtait à abaisser le couvercle de la malle quand ses yeux tombèrent sur une petite boîte rectangulaire. Il referma sa paume autour d'elle, bien conscient de son contenu : des préservatifs. Son valet de chambre veillait à ce qu'il en ait toujours une réserve suffisante et prête à l'emploi. Il envisagea un instant d'en prendre un, mais abandonna rapidement l'idée. Il avait baisé Bianca pendant trois jours et trois nuits d'affilée sans prendre aucune précaution. Et, bien qu'il soit possible qu'elle ne soit pas tombée enceinte pendant ces périodes, et que tout puisse encore être sauvé s'il utilisait ses préservatifs maintenant, il était d'humeur à tenter le destin encore plus.

Peut-être était-ce pour la punir de sa tromperie, ou peut-être était-ce simplement parce que son instinct lui disait que l'acte avait déjà été accompli et qu'il ne servait à rien de prendre d'autres précautions — des précautions qui, franchement, entraveraient son plaisir. L'idée de la remplir de sa semence une fois de plus l'enflamma jusqu'à une luxure insoutenable, sa queue bosselant déjà à son peignoir, impatiente de s'exécuter.

Il lâcha la boîte qui contenait les préservatifs et prit celle qui se trouvait à côté. Elle était plus grande et plus lourde.

Quand il retourna dans sa chambre et s'approcha du lit, ses sens s'emplirent de tout ce qui représentait Bianca : son parfum, le doux bruissement qu'elle produisait à chaque expiration, et l'air si paisible sur son visage quand elle dormait. Il y avait quelque chose chez cette femme qui lui parlait, qui lui disait qu'elle n'était pas calculatrice et froide. Mais les choses que Nico avait découvertes sur elle allaient à l'encontre de cela. Il devait donc la pousser au bord du gouffre pour qu'elle craque et avoue ses véritables motivations.

Et si Lorenzo était doué pour une chose, c'était pour mettre les secrets à nu. Avec Bianca, il utiliserait sa méthode préférée.

Posant la boîte sur la table de nuit, il se pencha sur Bianca. Il attrapa l'un de ses bras, le sortit de sous les draps emmêlés et attacha son poignet fermement avec l'écharpe, puis tira son bras au-dessus de sa tête et boucla l'autre extrémité de l'écharpe à travers la sculpture en bois solide de la tête de lit pour l'attacher fermement. Lorenzo tira sur l'écharpe pour s'assurer qu'elle était bien attachée.

Il procéda ensuite de la même manière avec l'autre bras de Bianca et se recula pour regarder le tableau séduisant qu'elle représentait maintenant. En tirant ses bras au-dessus de sa tête, le drap qui couvrait ses seins avait glissé vers le bas, révélant sa beauté nue. Ses seins s'étaient relevés, les pics fermes pointant fièrement vers le haut, bougeant légèrement à chaque respiration.

Lorenzo prit le drap entre le pouce et l'index et le tira jusqu'à ses pieds, exposant sa forme nue à son regard affamé. Diable, ne se lasserait-il jamais de cette vue ? Une légère couche de sueur recouvrait sa peau laiteuse, et la rosée scintillait encore sur ses fesses. Elle avait une jambe inclinée sur le côté, ce qui lui donnait une vue complète de la chair rose entre ses cuisses qu'il avait léchée, sucée et baisée sans relâche. Et pourtant, il en voulait encore.

Lorenzo se débarrassa de son peignoir et le laissa tomber négligemment sur le sol avant de se glisser sur le lit à côté de Bianca. Il était temps de la réveiller et de lui montrer ce qu'il attendait de sa maîtresse.

De sa main, il effleura ses mamelons, les globes qu'ils surmontaient bougeant au passage. Elle était si sensible, et pourtant elle ne se réveillait pas, son corps étant manifestement trop épuisé. Cela ne l'empêcha pas d'apprécier un rapide coup de langue sur sa chair, puis une douce traction et un frôlement de ses dents sur son sein. La récréation était terminée.

Lorenzo bascula sa jambe au-dessus d'elle pour la mettre en hauteur, ses fesses reposant sur le haut de ses cuisses, de sorte qu'il avait toujours une vue sur son triangle de boucles soigneusement taillées. La respiration de Bianca s'était modifiée lorsqu'il avait fait tomber une partie de son poids sur elle, ses jambes derrière lui essayant de trouver une position plus confortable. Il tendit la main vers son visage et se pencha vers elle, pressant ses lèvres contre les siennes. Avec sa langue, il entrouvrit ses lèvres et se glissa à l'intérieur.

Son halètement lui indiqua qu'elle était consciente de sa présence, et il se détendit et recula d'un centimètre. Son visage se détacha de l'oreiller pour suivre ses lèvres et, un instant plus tard, elle agita ses bras comme pour essayer de l'attraper, mais elle fut brutalement ramenée en arrière par ses liens.

Les yeux de Bianca s'ouvrirent, sa tête tourna instantanément, ses yeux cherchant la résistance inconnue. Ses yeux repérèrent les liens qui la retenaient prisonnière, et elle ramena son regard vers lui, le fixant avec stupeur.

— Quoi ? Lorenzo ?

Le soupçon de panique dans sa voix lui plaisait. Il voulait qu'elle soit déstabilisée.

— Oui, ma douce Bianca ? demanda-t-il innocemment.

— Que fais-tu ?

Il y avait de l'agacement dans son ton. Elle tira sur les liens, mais ne parvint pas à les desserrer.

— Enlève-moi ça !

Lorenzo lui sourit et fit glisser sa main sur son sein jusqu'à ce qu'elle atteigne son mamelon.

— Je ne peux pas faire ça.

— Détache-moi !

Il ignora sa demande et prit le sommet de son sexe entre le pouce et l'index, en le pinçant. Elle réagit en sursaut.

— Il est temps pour toi d'apprendre ce que j'attends de ma maîtresse. Et tu es ma maîtresse maintenant, n'est-ce pas ?

— Lorenzo, s'il te plaît.

Même si elle suppliait maintenant, ses lèvres faisant la moue comme celles d'une débutante, cela ne changerait rien.

— Si tu te souviens, nous nous sommes mis d'accord sur ce point lorsque je t'ai permis de rester ici. Je t'ai prévenue de ce que tu aurais à faire pour moi si tu voulais réchauffer mon lit. Ou l'as-tu déjà oublié ?

Elle cligna des yeux tandis que sa mâchoire s'affaissait. Oui, elle se souvenait de ce qu'il lui avait dit la première nuit, lorsqu'elle l'avait supplié de la laisser rester. Il allait le faire maintenant.

— Je vois que tu te souviens.

— Mais je pensais que tu voulais simplement me choquer pour que je parte, protesta-t-elle en vain.

Lorenzo gardait le gloussement qui montait en lui à sa place : à l'abri des regards. La jeune femme sournoise essayait de s'en sortir par la discussion. Peut-être que ses précédents protecteurs avaient été aussi crédules, mais ça ne marcherait pas avec lui.

Il *gloussa* avant de se décoller de ses cuisses. Son sourire soulagé mourut instantanément lorsqu'il se contenta de remonter le long de son corps pour que l'intérieur de ses cuisses touche ses seins et que sa lourde queue s'enfonce dans la vallée qui les séparait.

— Je pense que je dois t'avertir que, dans ma maison, ma parole a force de loi. Tout ordre que je donne sera suivi. Et maintenant, je vais te demander de me sucer.

BIANCA TIRA une nouvelle fois sur les liens, mais ils tenaient bon, ne lui mordant pas tout à fait les poignets, mais serrés suffisamment fort pour l'empêcher de s'échapper. Qu'est-ce qui avait bien pu prendre à Lorenzo ? Au cours des derniers jours et des dernières nuits, il avait été l'amant le plus passionné, mais aussi le plus attentionné, et elle avait presque oublié la raison pour laquelle elle était avec lui au départ : trouver le trésor. Ce n'était que pendant les heures où il dormait profondément qu'elle s'était glissée hors du lit pour continuer sa recherche.

Mais, maintenant qu'elle le regardait se dresser au-dessus d'elle, son corps plus beau que jamais, et sa queue aussi dure et tentante que les nombreuses fois précédentes, il y avait une lueur différente dans ses yeux. Comme si un prédateur se cachait derrière eux.

Elle n'avait jamais permis à aucun de ses amants de l'attacher, et pourtant, malgré la position dominante que Lorenzo avait prise au-dessus d'elle, elle ne ressentait aucune peur. Bien que les battements de son cœur se soient accélérés, une émotion bien plus puissante que la peur en était le catalyseur : la luxure. Alors qu'elle faisait descendre son regard des muscles puissants de sa poitrine à son ventre plat, puis plus bas encore jusqu'à sa longueur dure, sa bouche devint sèche à la vue de ce spectacle magnifique. Sa queue dépassait, des veines violettes serpentant autour d'elle comme des lianes grimpant le long d'un mur de château. Son gland luisait de l'humidité qui s'échappait de la fente située à son extrémité.

Bianca respira son odeur, si masculine et plus virile que celle de tous les hommes qu'elle a connus. Pendant les nombreuses heures qu'ils avaient passées ensemble dans son lit, il lui avait montré à maintes reprises que ses prouesses sexuelles étaient sans limites.

— Il est temps de remplir tes devoirs de maîtresse, poursuivit-il en remontant le long de son corps, rapprochant sa queue de sa bouche. Ou as-tu décidé de ne plus être ma maîtresse ? Si c'est le cas, dis-le, et je te libérerai.

Bianca poussa un soupir de soulagement : il ne faisait que la taquiner. Mais avec les mots qu'il prononça ensuite, elle comprit qu'il n'était pas question de s'enfuir.

— Alors, bien sûr, tu devras quitter ma maison.

La réalité la frappa de plein fouet. Elle ne pouvait pas partir. Il y avait encore des endroits dans la maison qu'elle n'avait pas fouillés, et en aucun cas elle ne partirait sans son trésor.

Bianca ravala sa fierté et lui offrit un sourire coquet.

— Si vous voulez que je vous suce, mon maître, il va falloir que vous vous approchiez un peu plus...

Elle secoua ses liens.

— Étant donné que je ne peux pas mettre mes mains sur votre... très... très impressionnante...

Elle se lécha les lèvres, leur apportant l'humidité dont elles avaient besoin.

— ... queue.

Elle n'arrivait pas à interpréter le regard que lui lançait Lorenzo. Était-ce de l'approbation ? De la surprise ? Ou un peu des deux ? Mais quoi qu'il en soit, il avança d'un centimètre et, tenant sa verge à la racine, il la guida jusqu'à ses lèvres.

— Oui, ma douce Bianca, goûte-moi.

Sa voix avait baissé d'une octave, plus rauque qu'elle ne l'avait jamais entendu parler. Et ses yeux s'étaient assombris, leur blanc disparaissant presque complètement. Au lieu de cela, la lumière de la bougie sur la table de nuit semblait les éclairer d'une lueur orangée, les faisant scintiller dans l'obscurité.

Bianca écarta ses lèvres et tira sa langue pour la passer sur le gland violet, recueillant son liquide séminal avec elle, tout en observant son expression. Lorsqu'elle pressa sa langue contre sa fente, les yeux de Lorenzo se fermèrent et sa tête tomba en arrière, sa poitrine libérant un gémissement animal. Elle n'avait jamais vu un spectacle aussi alléchant.

Sa bouche bascula vers l'avant et elle engloutit sa longueur dans sa chaleur humide, élargissant sa mâchoire autant qu'elle le pouvait. Mais il était trop gros. Seule la moitié de sa verge entrait. Lentement, elle déplaça sa tête d'avant en arrière, le faisant se retirer, puis revenir en elle tandis qu'elle faisait tournoyer sa langue autour de la partie inférieure de sa chair.

À chaque glissement, son propre corps répondait, envoyant des charges de chaleur vers son centre de plaisir. Elle serra ses cuisses l'une contre l'autre dans l'espoir de soulager le besoin qui y bouillait, mais cela ne servit à rien. Elle avait besoin d'être touchée, elle avait besoin qu'il pose sa main sur elle pour soulager son mal.

Lorsqu'elle se retourna vers Lorenzo, ses yeux sombres la regardaient attentivement.

— Mon Dieu, j'adore baiser ta bouche.

Des émotions brutes se lisaient sur son visage : le désir, la luxure et la certitude que son contrôle allait bientôt céder. Ses hanches fléchirent tandis qu'il s'enfonçait plus profondément en elle, forçant sa tête à s'enfoncer dans l'oreiller. Il appuya ses bras contre la tête de lit au-dessus d'elle et poussa à un rythme régulier, ses coups étant lents et mesurés, veillant à ne pas l'étouffer, mais suffisamment profonds pour repousser les limites de son confort.

— Tu vois, Bianca, comme c'est bon quand tu ne peux pas t'échapper, quand tu dois supporter tout ce que je veux que tu fasses. Cela t'excite-t-il ?

Elle voulait protester, mais le mensonge ne franchit pas ses lèvres. Malgré la position vulnérable dans laquelle elle se trouvait, elle ne pouvait pas nier l'attrait de la situation. Lorenzo commandait, et pour la première fois de sa vie, elle ressentait le besoin de se rendre.

Lors du retrait suivant, elle fit une demande de son côté.

— Touche-moi.

Un sourire se dessina sur ses lèvres avant qu'il ne s'enfonce à nouveau en elle.

— Pas encore, ma douce. Ton besoin n'est pas encore assez grand.

Elle voulait protester, lui dire qu'elle allait brûler s'il ne caressait pas sa perle et ne relâchait pas la tension qui s'y trouvait, mais sa queue implacable ne lui laissait pas la liberté de parler. Alors, elle ferma les yeux et se concentra sur son corps et cette belle chair dure et douce à la fois, espérant ainsi se distraire de la douleur entre ses jambes.

Alors qu'elle pensait ne plus pouvoir en supporter davantage, Lorenzo se retira brusquement en respirant fort. Ses yeux s'ouvrirent et leurs regards se croisèrent.

— Ne t'arrête pas, murmura-t-elle.

Il descendit le long de son corps.

— Je ne suis pas prêt à jouir. Mais quand je le serai, ce sera dans ta douce chatte.

Souhaitant manifestement la choquer, il lui lança ce mot grossier. Mais cela ne fit que l'exciter davantage. Il allait la baiser et la soulager. Elle ne pensait qu'à cela.

Lorenzo se pencha vers la table de nuit. Bianca suivit son mouvement, le regardant prendre une boîte et l'ouvrir.

— Mais d'abord, annonça-t-il, je vais explorer ton corps.

Lorsqu'il sortit un objet brillant de la boîte et se retourna vers elle, elle essaya de se concentrer sur ce que c'était.

— As-tu déjà vu quelque chose comme ça ?

Choquée, Bianca fixa ses mains qui tenaient un objet fait d'un métal lisse. Sa forme était incomparable : elle ressemblait à une queue d'homme, sauf qu'elle était plus petite que celle de Lorenzo, et plus mince aussi. Elle secoua la tête, à la fois pour répondre à sa question et pour repousser les soupçons sur ce qu'il voulait en faire.

— Non ? Alors je pense que je dois te présenter ce jouet.

Le sourire malicieux qu'il arborait lui indiquait qu'il ne s'arrêterait pas tant qu'il n'aurait pas fait ce qu'il voulait.

Lorenzo changea de position et s'agenouilla à côté d'elle, utilisant sa main pour écarter ses jambes dans l'instant qui suivit. Elle se laissa faire, incapable de lutter contre son propre désir. Elle avait besoin d'être touchée, et s'il voulait la toucher avec ce jouet comme il l'appelait, alors c'était mieux que de ne pas être touchée du tout. Au diable l'humiliation.

Il approcha la queue métallique de son sexe et la caressa contre sa chair humide. Elle était froide et lisse, et le métal froid apaisait quelque peu le feu qui l'animait. Puis il remonta jusqu'à sa perle. Maintenant enduite de sa rosée, elle glissait facilement contre elle, le contact envoyant une flamme de chaleur à travers son corps.

— Oh, mon Dieu !

Lorenzo baissa la tête sur son ventre, déposant des baisers à bouche ouverte le long de sa peau. Elle se rapprocha de lui et de la queue en métal qu'il tenait, en voulant plus. Comme s'il la comprenait, il fit monter et descendre le métal lisse de façon rythmée. Bianca expira, laissant le plaisir se répandre dans son corps. Enfin, Lorenzo apaisait le mal qui s'était accumulé.

— Oui.

C'était moins un mot qu'un gémissement qui quitta ses lèvres.

— Pas encore, ma douce, répondit-il en retirant son jouet.

Frustrée, elle tira sur ses liens, faisant trembler la tête de lit.

— Chut, tu es impatiente. As-tu oublié qu'en tant que maîtresse, tu es là pour me faire plaisir ? Et c'est moi qui décide de ce qui me fait plaisir.

Un instant plus tard, elle sentit la queue de métal à l'entrée de son canal, la sondant doucement, avant qu'il ne l'enfonce en elle. Ses muscles se contractèrent autour d'elle, accueillant l'intrusion étrangère. Plus petite que le sexe de Lorenzo, elle remplissait néanmoins le vide. Mais déjà, il la retirait, ne lui permettant pas de profiter longtemps de la sensation agréable.

— Non ! S'il te plaît, ne t'arrête pas !

— Je n'ai pas l'intention de le faire.

Puis il lui remonta ses jambes et fit glisser l'objet plus loin vers ses fesses. La panique s'empara d'elle lorsqu'elle réalisa ce qu'il s'apprêtait à faire. Elle se crispa et tenta de rapprocher ses cuisses, mais Lorenzo les écarta.

— Bianca, je t'ai déjà prévenue. C'est ce que j'attends de ma maîtresse.

Puis il la regarda, ses yeux flamboyants de convoitise.

— Si tu ne veux pas être ma maîtresse, dis-le-moi maintenant.

Des émotions contradictoires s'affrontaient en elle. Mais elle ne pouvait pas céder maintenant. Elle était trop proche de son but. S'il la renvoyait maintenant, elle serait pratiquement sans ressource. Lentement, elle écarta davantage les jambes, remontant ses genoux pour poser ses pieds à plat sur le matelas.

La surprise traversa son visage. Puis une main se leva pour lui caresser la joue.

— Je serai gentil.

Bianca ferma les yeux, se préparant à ce qui allait suivre. Au lieu de la douleur, elle sentit soudain sa main sur sa perle, la caressant à un rythme tranquille, ce qui la détendit encore plus. Elle inclina ses hanches vers lui, et il s'exécuta en la caressant avec plus de pression.

— Oui !

Lorsqu'il guida la queue métallique jusqu'à l'entrée de son passage sombre, l'humidité dont elle était enduite rendit le contact doux et agréable. Lentement, le jouet se pressa contre l'anneau musculaire serré. Un sentiment d'inconfort se répandit, mais il fut instantanément étouffé par le doigt de Lorenzo sur sa perle.

Doucement, il poussa le jouet en elle, l'invasion créant un sentiment de plénitude qu'elle n'avait jamais connu. Il l'étira. Elle prit des respirations régulières pour repousser la douleur passagère.

— C'est bien, ma douce. Vas-y doucement.

Elle aurait dû se sentir gênée par ce qu'il lui faisait subir. Mais, lorsqu'elle le vit observer avec une fascination ravie la façon dont l'objet disparaissait dans son canal sombre, son pouls s'accéléra.

— C'est si beau.

Bianca poussa un gémissement lorsque la douleur fit place au plaisir et que la queue dans son passage inférieur envoya à travers son corps des sensations qu'elle n'avait jamais ressenties.

— Je suis prêt à te baiser maintenant.

Lorenzo lâcha la queue de métal en la gardant profondément enfoncée en elle, et s'éleva au-dessus d'elle, s'installant entre ses cuisses. D'un geste rapide, il enfonça sa verge dans son sexe. La double pénétration lui coupa le souffle. Les battements de son cœur bégayaient.

Il baissa la tête vers la sienne et ses yeux se plantèrent dans les siens.

— Oui, ma douce, je vais te faire jouir si fort que tu t'évanouiras.

Ses lèvres se posèrent sur les siennes avant qu'elle ne puisse répondre, l'embrassant plus passionnément qu'il ne l'avait jamais fait. Et tout en continuant à l'embrasser, il la chevaucha. À chaque coup de reins, la queue de métal dans son cul bougeait, la faisant monter plus haut à chaque fois. Il était inutile de lutter contre les sensations qui s'abattaient sur elle, comme une vague de l'océan sur le rivage. Elle se laissa donc aller et s'abandonna à lui, lui permettant de la prendre et de la faire jouir sans contrainte. Et, malgré les liens qui retenaient encore ses bras captifs, elle ne s'était jamais sentie aussi libérée de sa vie.

— Je suis à toi, murmura-t-elle, sa voix résonnant au milieu de sa respiration lourde.

— Oh, Bianca !

Son sexe s'agita en elle, palpitant tandis que ses muscles se contractaient autour de lui, le serrant plus fort jusqu'à ce que son corps rejoigne le sien dans l'orgasme, les vagues l'engloutissant jusqu'à ce que la dernière s'écrase sur elle et l'entraîne dans l'obscurité.

14

Lorenzo prit Bianca endormie dans ses bras et la porta jusqu'à la salle de bain où il leur avait préparé un bain chaud. Il s'installa dans la grande baignoire et installa Bianca sur ses genoux de sorte qu'elle soit à califourchon sur lui et qu'il berce sa tête contre sa poitrine.

Physiquement, il ne s'était jamais senti aussi bien de toute sa vie. Baiser Bianca alors qu'elle était attachée avait été une expérience extraordinaire, la baiser alors qu'elle avait la queue de métal dans son doux cul l'avait presque tué. Chaque fois qu'il l'avait pénétrée, il avait senti l'autre verge contre lui, ajoutant à la sensation enivrante de ses muscles qui l'enserraient. Son orgasme avait été plus intense que jamais.

Mais s'il se sentait pleinement satisfait physiquement, son état émotionnel était une autre affaire. Il ne savait pas quoi penser de Bianca. Malgré tout ce qu'il lui avait lancé, elle avait joué le jeu. Était-elle vraiment si désespérée d'obtenir une partie de sa richesse qu'elle était prête à s'engager dans tous les actes de débauche qu'il pouvait imaginer ? Pourtant, elle ne s'était pas contentée d'endurer l'acte. Il avait vu le désir dans ses yeux, la convoitise, et le plaisir qu'il lui avait donné malgré l'appréhension qu'il avait remarquée chez elle au début.

Bianca était-elle ce dont il avait besoin ? Qu'importe que ses motivations ne soient pas pures ? Qu'elle le veuille pour son argent ? Toute femme à la recherche d'un mari n'avait-elle pas les mêmes motivations ? À Venise, peu de gens se mariaient par amour. On le faisait soit pour le statut, soit pour l'argent, soit pour les deux. Peu d'autres choses comptaient. Et franchement, il ne pouvait même pas blâmer les femmes. Elles n'avaient aucun moyen de gagner leur vie et dépendaient d'un mari pour subvenir à leurs besoins. Alors pourquoi n'essaieraient-elles pas de se vendre au plus offrant ?

Peut-être devrait-il même se sentir honoré que Bianca l'ait choisi. Après tout, elle n'était pas avare de son affection, et lui offrait son corps plus complètement que n'importe quelle prostituée. Un homme pouvait-il vraiment demander plus ? Il pouvait faire pire que d'avoir cette compagne au sang chaud dans son lit. Et jusqu'à présent, elle n'avait pas demandé le mariage, bien qu'il ait continué à laisser sa semence en elle. Peut-être que tout ce qu'elle voulait, c'était un toit confortable au-dessus de sa tête.

Lorenzo attrapa le savon et se savonna les mains, puis commença à laver la belle femme qu'il tenait dans ses bras. Il ne s'était jamais éprouvé autant de tendresse envers quelqu'un, à l'exception de Sabina. En pensant à elle, il s'arrêta. Tout s'était bien passé jusqu'à ce qu'il lui dise ce qu'il était. Il ne commettrait pas la même erreur avec Bianca. S'il décidait de la garder, il s'assurerait qu'elle ne l'apprenne jamais.

Jusqu'à présent, il s'était débrouillé. Il avait fait livrer de la nourriture à la maison pour qu'elle puisse manger, mais il n'en avait jamais pris lui-même, trouvant toujours une excuse pour partir brièvement *faire une course* pendant qu'elle mangeait. Il s'était nourri de la personne la plus proche qu'il avait pu trouver dans la rue pour que sa faim ne le submerge pas pendant qu'il était avec Bianca. Même s'il avait envie de la mordre et de goûter son sang, il savait qu'il ne pourrait jamais se permettre ce plaisir. Une fois qu'elle saurait qu'il était un vampire, elle deviendrait un danger pour lui, essayant de le tuer comme Sabina l'avait fait. Et effacer sa mémoire chaque fois qu'il la mordait n'était pas une option. Le souvenir de Sabina dans un asile d'aliénés était suffisamment dissuasif.

Il n'avait qu'à réprimer le désir irrésistible de goûter à son sang. C'était la seule façon d'assouvir son désir avec elle.

Lorenzo éloigna Bianca de sa poitrine, la tenant fermement d'un bras pendant qu'il laissait sa main savonneuse balayer ses seins, la lavant. Alors qu'il versait de l'eau sur ses globes généreux, elle s'agita.

— Tu m'as fait très plaisir ce soir, murmura-t-il, avant de palper l'un de ses globes en appréciant son poids dans sa main.

— Mon amour.

Son chuchotement était à la fois un encouragement et une approbation.

Lorenzo la ramena contre sa poitrine, la faisant basculer sur le côté pour qu'il puisse continuer à caresser son sein voluptueux.

— Dors, je vais m'occuper de toi maintenant.

Le souffle de Bianca se heurta à sa peau humide tandis qu'elle se détendait et s'endormait. Et tant que l'eau restait chaude, il la gardait dans ses bras. En sécurité, pour l'instant.

Lorenzo lui avait dit qu'il avait des affaires à régler et qu'il serait absent une bonne partie de la soirée. Bianca l'avait gratifié de l'un de ses plus doux sourires et l'avait renvoyé à ses affaires en l'assurant qu'elle était parfaitement à l'aise pour passer une soirée seule.

Dès que la porte se referma derrière lui, elle poussa un soupir de soulagement. Enfin, elle disposait de quelques heures ininterrompues pour poursuivre ses recherches. Ce serait sa première véritable occasion de fouiller l'ancienne chambre à coucher de son père, que Lorenzo et elle occupaient. Même si, officiellement elle occupait la chambre de sa mère, le lit qui s'y trouvait était resté inutilisé, sauf pour cette première nuit.

Lorenzo ne semblait pas s'opposer à ce qu'elle dorme dans ses bras. Ses anciens amants avaient préféré dormir seuls après l'avoir baisée, et, franchement, elle avait préféré cela aussi. Mais, étrangement, elle aimait être avec Lorenzo. Même dans son sommeil, il semblait être conscient d'elle et cherchait une connexion intime. La veille, elle s'était réveillée et avait découvert qu'il dormait profondément, son dos enfoncé dans son front, sa queue dure profondément enfoncée dans son canal. Aucun de ses amants n'avait jamais fait cela. D'ailleurs, elle ne connaissait aucun homme qui ait tenu une érection aussi longtemps que lui.

Ce n'était que lorsqu'elle avait commencé à bouger que Lorenzo s'était réveillé et avait souri d'un air penaud, disant qu'il avait voulu être connecté à elle lorsqu'il dormait. C'était la chose la plus gentille qu'on lui avait jamais dite.

Mais Lorenzo avait plusieurs facettes, et elle ne savait jamais à laquelle elle serait confrontée d'une minute à l'autre. Cela n'avait pas beaucoup d'importance : elle appréciait chacune d'entre elles à sa juste valeur. Son côté tendre et doux la détendait, et son côté passionné la faisait se sentir désirée. Mais son côté dominateur avait libéré quelque chose en elle qu'elle ignorait jusqu'alors : le besoin de perdre le contrôle, le besoin de s'abandonner et de se soumettre. Cela l'effrayait, mais, en même temps, elle en avait envie.

Alors qu'elle balayait la chambre du regard, ses yeux s'arrêtèrent sur la boîte toujours posée sur la table de nuit, son contenu replacé dans son coussin de velours. Un frisson parcourut son corps au souvenir de ce qu'il avait fait avec le jouet de métal. Elle n'avait jamais pensé qu'elle s'adonnerait à de tels actes de débauche, mais chaque fois qu'il ouvrait la boîte pour utiliser l'instrument de toutes les manières possibles, son rythme cardiaque s'accélérait et son centre de plaisir palpitait de manière incontrôlée. Puis son regard complice se posait sur son corps tremblant et sa queue se mettait à trembler, suintant d'humidité.

Même avec le couvercle fermé, elle sentait son corps se préparer au plaisir qui l'attendait. Elle aurait dû avoir honte de ses pensées dépravées, mais son cœur ne pouvait pas lui reprocher ce dont son corps avait besoin. Dans les bras de Lorenzo, elle se sentait libre, même lorsqu'il la ligotait et la soumettait à sa volonté. Et avec cette liberté venaient la félicité ultime et un aperçu du goût du bonheur.

Bianca secoua la tête, essayant de chasser ces sentiments de son esprit. Ce qu'il y avait entre Lorenzo et elle était temporaire. Cela ne durerait que jusqu'à ce qu'elle trouve le trésor ou jusqu'à ce qu'il se lasse d'elle, selon ce qui arriverait en premier. Et elle espérait bien qu'elle trouverait le trésor à temps.

Elle entreprit de fouiller l'ancienne chambre de son père et travailla méthodiquement, commençant dans un coin, longeant les murs, jetant un coup d'œil derrière les tableaux, rampant sous les meubles et ouvrant tous les tiroirs. Beaucoup d'affaires de son père s'y trouvaient encore : ses accessoires de toilette, un tiroir rempli de cravates, un autre de bas et de jarretelles. Avec difficulté, elle souleva le lourd matelas du lit et examina l'espace en dessous, mais il n'y avait pas de compartiment caché.

Elle laissa le matelas se remettre en place et le mouvement rapide créa un nuage de poussière qui se déposa sur la tête de lit sculptée de manière complexe. Bianca prit un morceau de tissu et l'essuya sur les lettres sculptées au centre de la pièce de bois, enlevant la poussière avant de se concentrer sur la zone suivante.

L'armoire ne contenait qu'une partie des vêtements de Lorenzo. Le serviteur qui était venu brièvement il y a quelques jours avait apporté sa malle et déplacé les vêtements de son père dans une autre chambre inutilisée pour faire de la place pour les vêtements de son maître.

Bianca regarda le coffre. Attirée par la malle comme elle l'était par son propriétaire, elle s'agenouilla et ouvrit le couvercle. Un assortiment d'écharpes, de cravates et de petits vêtements l'accueillit. Elle aurait dû rougir à la vue des sous-vêtements d'un homme, mais elle ne ressentait rien de tel. L'intimité qu'ils avaient partagée avait éradiqué toute gêne qu'elle aurait pu ressentir.

Elle laissa courir sa main sur le tissu doux, le caressant comme si elle le touchait lui à la place. Ses yeux se fermèrent, ce qui lui permit de se souvenir plus intensément de son contact lorsque ses doigts rencontrèrent un objet dur. Bianca ouvrit les yeux et regarda l'objet : une boîte, plus petite que celle qui contenait le jouet préféré de Lorenzo. Elle la sortit du coffre et ouvrit le couvercle, curieuse de voir si elle contenait d'autres jouets. À sa grande surprise, la boîte contenait des préservatifs.

Stupéfaite, elle referma la boîte. Pourquoi Lorenzo ne les avait-il pas utilisés ? Après que son valet eut livré la malle, il n'avait eu aucune raison de continuer leurs plaisirs charnels sans moyen de contraception. Cela ne le dérangeait-il pas qu'elle puisse bientôt être enceinte ? Et d'ailleurs, pourquoi cela ne la dérangeait-il pas de se retrouver bientôt dans une situation intenable, devant subvenir non seulement à ses besoins, mais aussi à ceux d'un enfant illégitime ?

Bianca secoua la tête et se leva. Jouait-elle avec le feu, espérait-elle secrètement qu'il pourrait y avoir plus entre Lorenzo et elle qu'une simple liaison éphémère ? Était-ce pour cela qu'elle prenait des risques inutiles ? Elle repoussa ces pensées, ne voulant pas examiner les émotions qui les animaient.

La fouille de la chambre de son père s'avéra infructueuse. Elle n'avait rien trouvé. Frustrée, elle descendit péniblement les escaliers et se dirigea vers la cuisine, où une assiette de nourriture l'attendait. Un autre des insaisissables serviteurs de Lorenzo l'avait livré plus tôt. Elle se demanda brièvement pourquoi ses serviteurs ne restaient pas dans la maison avec lui. Était-ce parce qu'elle était avec lui ? Ou bien aimait-il simplement être seul ?

Tandis qu'elle dévorait la nourriture, ses pensées revinrent à son père. Avait-il vendu le trésor avant sa mort, et était-ce la raison pour laquelle elle ne le trouvait pas ? Bianca ne le croyait pas. Il avait toujours affirmé que le trésor valait plus que la maison elle-même, et pourtant son père avait laissé une montagne de dettes derrière lui. S'il avait vendu le trésor, il n'y aurait pas eu de dettes. Non, le trésor devait toujours se trouver dans la maison.

Le claquement de la porte d'entrée la sortit de sa rêverie. Elle se leva d'un bond, impatiente de retrouver les bras de Lorenzo. À la porte de la cuisine, elle s'arrêta, alarmée par un second claquement de la même porte.

— Nous n'avons pas terminé !

La voix d'un inconnu résonna dans le couloir.

— Je ne t'ai pas invité chez moi, Raphael ! hurla Lorenzo.

— Je ne partirai pas tant que nous n'aurons pas discuté de cela.

Le cœur battant à tout rompre, Bianca s'efforça d'en entendre davantage, mais les deux hommes étaient entrés dans le salon et avaient fermé la porte derrière eux.

Elle savait qu'il n'était pas poli d'écouter aux portes, mais quelque chose dans la voix de Lorenzo l'avait alarmée, et elle avait besoin de savoir ce qui se passait entre eux. Et elle connaissait justement l'endroit d'où elle pouvait voir tout ce qui se passait dans le salon, sans être vue elle-même.

Enfant, elle aimait jouer à cache-cache et avait trouvé une petite pièce de rangement située à l'étage supérieur, juste au-dessus du salon. Cette pièce permettait d'accéder à l'endroit où le lustre de cristal du salon était suspendu au plafond. Les bougies pouvaient être allumées sans descendre le lustre, mais, pour nettoyer correctement les cristaux, l'endroit avait été rendu accessible pour que le lourd objet puisse être descendu sans trop d'effort. Des trous dans le plafond permettaient de voir la pièce du dessous afin de coordonner l'abaissement du lustre avec les domestiques du salon.

Ses pieds chaussés de bas ne firent aucun bruit, tandis que Bianca se baissait pour ne pas se cogner la tête sur les poutres qui supportent le poids du lustre. Elle s'accroupit et fit glisser le morceau de cuir qui recouvrait le trou, ce qui lui permit de jeter un coup d'œil dans le salon.

15

Lorenzo sentit sa colère bouillir et se tourna vers la cheminée où les braises brillaient encore.

— Nico n'avait pas le droit de te le dire !

— Eh bien, je suis heureux qu'il l'ait fait !

Lorenzo se pencha et déposa une poignée de petit bois sur le feu, regardant les flammes le lécher et l'engloutir, désireux d'ignorer la réprimande de Raphael. Sa vie privée lui appartenait. Personne n'avait le droit de s'y immiscer.

— Tu dois la renvoyer. Elle pourrait être un danger pour toi.

Lorenzo jeta un autre morceau de bois sur le feu et se leva, avant de se retourner pour faire face à Raphael.

— Bianca n'est pas un danger pour moi, elle est...

— Elle est humaine ! interrompit Raphael.

— Et en quoi est-ce différent de ce que tu fais ? Explique-moi, Raphael ! Vas-y. Ta femme est humaine. Elle te laisse boire son sang, et ne me dis pas que cela ne vous conduit pas tous les deux à l'extase à chaque fois que tu le fais. Et tu as le culot de *me* refuser une chance d'accéder au même bonheur ?

Pourtant, il savait qu'il ne pourrait jamais mordre Bianca, car il devait lui cacher ce qu'il était.

— Ne mêle pas Isabella à tout cela. C'est très différent. Tu ne sais rien de cette femme.

— J'en sais assez !

— C'est ta queue qui parle !

Les gencives de Lorenzo le démangeaient tandis que ses crocs s'allongeaient, menaçant de remonter à la surface.

— Je ne me laisserai pas insulter dans ma propre maison !

— Je ne t'insulte pas. Je te mets en garde. Ou as-tu oublié ce qui s'est passé avec Sabina ?

À la mention du nom de Sabina, les crocs de Lorenzo dépassèrent ses lèvres. Il grogna et lança un regard noir à son ami.

— Comment oses-tu ?

— Elle t'a trahi ! Vas-tu laisser la même chose se reproduire ? Que feras-tu lorsque Bianca découvrira ce que tu es ? As-tu assez confiance en elle pour ne pas craindre qu'elle te tue dans ton sommeil ?

En entendant ces mots, Lorenzo ressentit la douleur aiguë d'un pieu dans son cœur, presque comme si l'arme imaginaire que son ami avait suggérée était réelle. Mais il ne voulait pas avouer ses propres doutes à Raphael.

— Elle ne le découvrira pas. Je le lui ai caché jusqu'à présent.

— Combien de temps penses-tu y arriver ?

La voix de son ami était plus calme.

— Et si tu veux vraiment être heureux avec elle, tu ne peux pas lui cacher cela.

— Je le cacherai aussi longtemps qu'il le faudra. Elle ne saura jamais que je suis un vampire.

Lorenzo ferma les yeux. Cette promesse n'était pas destinée à Raphael, mais à lui-même. Il ne pourrait jamais permettre qu'elle le découvre. Même si cela signifiait renoncer au plaisir ultime de se nourrir d'elle. Si elle découvrait ce qu'il était, il la perdrait. Et cette pensée l'effrayait plus que d'être surpris dehors au lever du soleil.

Malgré tout ce qu'il avait fait, il n'avait pas pu protéger son cœur. Même s'il savait ce qu'elle était — une courtisane, une menteuse, une femme qui en voulait à son argent — il ne pouvait se résoudre à la renvoyer, car chaque fois qu'il était près d'elle, il se sentait en paix avec sa vie. Et lorsqu'il était séparé d'elle, un vide béant apparaissait comme le gouffre profond d'un ravin.

Lorsqu'il ouvrit les yeux, son regard se heurta à celui de Raphael. Il y avait de la compréhension dans les yeux de son ami.

— Que Dieu te vienne en aide. Pour notre bien à tous.

Lorenzo hocha la tête, incapable de dire quoi que ce soit d'autre.

— Assure tes arrières, dit Raphael en se dirigeant vers la porte.

En entendant la porte d'entrée se refermer, Lorenzo se laissa tomber dans son fauteuil devant la cheminée. Il n'était pas encore prêt à monter rejoindre Bianca, son corps encore trop agité, son contrôle trop proche de la rupture.

BIANCA SERRA sa main sur sa bouche pour ne pas crier. Ce n'était pas possible ! C'était un cauchemar. Mais elle l'avait vu de ses propres yeux, entendu de ses propres oreilles : Lorenzo était un vampire, une créature infâme qui s'attaquait aux humains. Elle avait entendu les gens parler d'eux, sans jamais vraiment croire à ces histoires macabres, mais maintenant, elle ne pouvait plus le nier.

Des crocs étaient sortis de la bouche de Lorenzo, et ses yeux étaient devenus rouges lorsqu'il s'était disputé avec son ami. Apparemment, la perte de son sang-froid faisait ressortir son côté vampire caché. Et si elle faisait quelque chose pour le provoquer ? Perdrait-il aussi le contrôle ? La mordrait-il ? La blesserait-il ? La tuerait-il ?

Bianca réprima le sanglot qui montait dans sa poitrine et menaçait de la submerger. Aussi discrètement qu'elle le put, elle se faufila hors de la pièce et se rendit dans la chambre de sa mère, en prenant soin de ne pas faire de bruit. Refermant la porte derrière elle, elle prit quelques grandes inspirations pour se calmer. Elle devait s'enfuir. C'était la seule solution. Même le trésor caché ne pouvait plus la retenir ici. Elle devait fuir pour sauver sa vie.

En toute hâte, elle remplit son petit sac de ses affaires. Il y en avait encore moins qu'avant : la robe que Lorenzo avait déchirée en deux était maintenant posée sur une chaise. Elle ne la prendrait pas. Elle n'avait pas besoin d'un rappel de ce qu'il avait fait ce jour-là. Aucun rappel de la passion dont il avait fait preuve.

Il aurait pu la tuer plusieurs fois. Pourtant, il ne lui avait jamais fait de mal, pas même lorsqu'il l'avait attachée. Tous ses actes avaient été ceux d'un amant passionné et dominant, pas ceux d'une bête assoiffée de sang. Et s'il jouait simplement avec elle comme un chat joue avec une souris avant de la dévorer ?

Bianca frissonna à cette idée et serra son sac.

Alors qu'elle négociait les escaliers en essayant d'éviter ceux qui grinçaient, son cœur battait si fort qu'elle craignait qu'il ne l'entende. Un bruit provenant du salon lui coupa le souffle. Lorenzo se déplaçait, et au son d'une lame de parquet qui grinçait particulièrement fort, elle savait qu'il était presque à la porte.

Paniquée, elle regarda autour d'elle en arrivant sur le palier, et s'empressa de glisser son sac sous la crédence, à l'abri des regards.

Un instant plus tard, la porte du salon s'ouvrit et Lorenzo en sortit. Il avait l'air complètement abattu, si malheureux en fait que quelque chose lui tiraillait le cœur.

— Bianca, tu es encore réveillée, remarqua-t-il lorsque leurs regards se croisèrent.

Elle déglutit difficilement, essayant de repousser la boule qui montait dans sa gorge.

— Je ne pouvais pas dormir sans toi.

Saurait-il qu'elle mentait ? Le verrait-il sur son visage ?

Un petit sourire se dessina sur ses lèvres et il lui tendit la main.

— Alors, viens me rejoindre dans le salon pour un moment.

Tremblante, elle fit un pas vers lui et posa sa main dans sa paume. Elle était chaude et rassurante.

— Tu trembles, ma douce. Tu as froid ?

Lorenzo l'attira instantanément dans ses bras.

— Oui, oui, j'ai froid, balbutia-t-elle.

— Laissez-moi te réchauffer.

Il la conduisit dans le salon et s'assit sur le canapé. Au lieu de la placer à côté de lui, il l'attira sur ses genoux et la pressa contre son torse large, trop familier. Son odeur lui rappela les souvenirs des moments d'intimité qu'ils avaient partagés. Et malgré ce qu'elle avait vu il y a peu, son corps ne recula pas à son contact.

— J'ai réalisé quelque chose ce soir.

La main de Lorenzo caressa ses cheveux, puis il déposa un doux baiser sur le sommet de sa tête.

— Oui ?

Bianca attendit sa réponse en retenant son souffle. Avait-il décidé qu'il était temps pour lui de la mordre, qu'il ne pouvait plus nier sa nature et qu'il devait la vider de son sang ? Aurait-elle la force de se libérer de lui et de s'enfuir ? Plus important encore : en aurait-elle envie ?

— J'ai réalisé ce soir que j'avais besoin de toi.

— Besoin de moi ?

— Oui. Quand je te tiens dans mes bras, c'est bon.

— Tu veux dire quand nous avons... des relations, corrigea-t-elle.

Quel homme n'aimait pas baiser ? Un vampire n'était certainement pas différent de ce point de vue.

Il glissa sa main sous son menton pour lui faire relever le visage afin qu'elle le regarde. Bianca ne pouvait se soustraire à son regard pénétrant.

— Il ne s'agit pas de cela.

Puis il sourit.

— Même si je n'ai jamais ressenti un plaisir aussi intense que lorsque je suis en toi.

Comme si son corps voulait se faire comprendre, Lorenzo la déplaça pour qu'elle sente soudain le contour dur de son érection contre sa hanche.

— Oh.

Sa main tomba sur son corsage, où il tira sur les lacets.

— Cela fait trop longtemps...

D'un geste expert, il libéra ses seins de leur entrave, faisant glisser le corsage sous eux.

— Mais nous venons à peine de... c'était il y a quelques heures.

Comment pouvait-il avoir envie d'elle à nouveau, si tôt ? Et pourquoi son propre corps lui répondait-il, ses tétons se hérissant à son contact, alors qu'elle savait quel genre de monstre il était ? Les mots que Lorenzo avait lancés à son ami résonnaient dans sa tête : *Elle te laisse boire son sang, et ne me dis pas que ça ne vous conduit pas tous les deux à l'extase à chaque fois que vous le faites.* Cela signifiait-il que sa morsure n'était pas mortelle, qu'elle était même *agréable* ?

— Quelques heures, c'est trop long, murmura-t-il contre sa peau avant d'aspirer un mamelon tendu dans sa bouche.

Ses dents effleurèrent sa peau sensible, ce qui lui donna l'alarme. Elle frissonna et, un instant plus tard, il laissa son mamelon s'échapper de sa bouche.

— Libère-moi de ma culotte, ordonna-t-il d'une voix rauque avec des yeux assombris par la passion.

Sans réfléchir, elle obéit. Dès qu'elle tint sa verge en érection dans sa main, il se mit à gémir. Le son l'hypnotisait.

— Maintenant, soulève tes jupes.

Lâchant sa queue, Bianca attrapa les coutures de ses jupes et les tira vers le haut en même temps que Lorenzo la soulevait et l'installait au-dessus de lui pour qu'elle soit à califourchon sur lui.

— Dis-moi que tu es mouillée.

Quand elle lui répondit, ce n'était pas un mensonge. Parce qu'elle était mouillée, sa chatte se préparant à son invasion. Puis elle le sentit, le gland épais de sa queue s'approchait de son entrée. Elle s'abaissa et le prit à l'intérieur d'un seul coup. Avant qu'elle ne puisse aller plus loin, Lorenzo l'entoura de ses bras et l'arrêta, la respiration difficile.

— Tu vois, je me sens mieux maintenant.

Voyant là une occasion de poser une question, Bianca demanda :

— Tu ne te sentais pas bien tout à l'heure ?

Il secoua la tête.

— Je me suis disputé avec un ami proche.

— À quel sujet ?

Il la regarda au loin.

— Cela n'a pas d'importance. Ce qui compte, c'est qu'il avait tort.

— Et tu avais raison ? demanda-t-elle.

Lorenzo croisa son regard. De longues secondes s'écoulèrent avant qu'il ne reprenne la parole.

— Tu me ferais du mal ?

Les battements de son cœur s'accélérèrent à sa question. Le ferait-elle ? Essayant de gagner du temps, elle se déroba.

— Je ne comprends pas.

— Aurais-tu le cœur de me faire du mal ?

Son regard était intense, pénétrant à présent.

— Seulement si tu me fais du mal, répondit-elle en se détachant légèrement de lui, prête à s'enfuir s'il le fallait.

Ses bras la tirèrent vers l'arrière, sa queue s'enfonce plus profondément en elle.

— Je ne te ferai jamais de mal, je le jure par tout ce qui m'est cher.

Essayait-il de lui dire qu'il ne la mordrait pas, qu'elle n'aurait pas à le craindre ? L'avait-il entendue se faufiler à l'étage, l'écouter lui et son ami ?

— Ton cœur bat plus vite, affirma Lorenzo tandis que sa main caressait son sein.

Déglutissant, Bianca essaya de trouver les mots justes.

— Parce que tu es en moi. Cela m'excite.

— Alors, monte-moi si cela t'excite.

16

Lorenzo était allongé sur le canapé de son salon, avec Bianca étalée sur son corps à moitié vêtu, un bras autour de son dos, l'autre caressant son délectable derrière nu, ses jupes relevées jusqu'à la taille. Il ne s'était jamais senti aussi bien. La dispute avec Raphael était oubliée, et il ne pensait plus qu'à cette femme douce dans ses bras.

— Parle-moi de ta vie, demanda-t-elle soudain.

— Il n'y a pas grand-chose à dire.

Et les choses importantes, il ne pouvait pas vraiment lui en parler de peur de dévoiler ses secrets.

— Tu plaisantes. Tu dois être le premier homme que je rencontre qui n'aime pas s'écouter parler.

— Je ne suis pas comme la plupart des hommes. Je suis très discret, s'esclaffa Lorenzo.

— C'est pour cela que les domestiques ne vivent pas avec toi ?

— Je n'ai pas beaucoup de serviteurs, un seul permanent en fait, mon valet de chambre, et il réside normalement avec moi. Je lui ai donné quelques jours de congé. Les autres ne passent que quelques heures par jour avec moi, quand j'ai besoin d'eux.

— C'est très particulier.

— Pas si tu n'aimes pas que d'autres mettent leur nez dans tes affaires privées.

— Qu'est-ce que tu as à cacher alors ? demanda Bianca sur un ton taquin.

Il lui donna une petite tape sur les fesses.

— *Si* j'avais quelque chose à cacher, je ne le dirais pas juste parce que tu le demandes.

— Et si je demandais plus gentiment ?

Lorenzo répondit sur le même ton enjoué qu'elle avait utilisé.

— Gentiment comment ?

Elle se tortilla au-dessus de lui, frottant son corps contre sa queue.

Il laissa échapper un rire franc.

— C'est très gentil. Mais ne penses-tu pas que tu en as eu assez pour ce soir ?

— *Tu* n'en as jamais assez.

Il retira sa main du derrière de Bianca et la porta à son menton avant d'incliner son visage vers le haut pour pouvoir la regarder. Ses paupières étaient à moitié baissées, ses yeux endormis, et ses lèvres étaient pulpeuses et rouges de ses baisers. Mon Dieu, comme il aimait cette vue.

— De toi, ma douce Bianca, je pense que je n'en aurai jamais assez.

— Tu dis cela maintenant, mais...

Il posa son doigt sur ses lèvres.

— Il n'y a pas de *mais*. Avec toi, tout est parfait. Je n'ai jamais eu besoin d'une maîtresse, mais maintenant que je l'ai, je n'arrive pas à me rappeler comment j'ai pu m'en passer.

S'il interprétait correctement son doux sourire, sa réponse sembla lui plaire.

— Tu sais que tu n'as pas besoin de me charmer si tu veux avoir à nouveau affaire à moi. Je ne risque pas de te le refuser.

— Si je me souviens bien, tu étais en train de faire ce que tu voulais avec moi. Ou bien n'es-tu pas la même femme qui m'a chevauché comme si le diable la poursuivait ?

Il n'avait jamais vu une femme aussi enthousiaste pour le satisfaire.

— Tu n'as pas aimé ?

Son sourire lui disait qu'elle connaissait parfaitement sa réponse. Il avait adoré chaque seconde.

Lorenzo tendit la main vers ses fesses et lui donna une petite fessée.

— Je pense que quelqu'un a besoin d'une petite punition. Cela t'apprendra à ne pas te moquer de ton maître.

Lorsqu'il jeta un coup d'œil sur son visage, il surprit un éclair de peur dans ses yeux. Il arrêta instantanément sa main et la passa doucement sur sa chair douce.

— N'aie pas peur de moi, Bianca. Je t'ai promis de ne jamais te faire de mal. Tu me crois, n'est-ce pas ?

Il retint son souffle en attendant sa réponse, espérant ne pas l'avoir effrayée avec ses exigences. Même s'il avait commencé par essayer de la pousser à bout pour lui faire avouer sa tromperie, son besoin de lui faire dire la vérité sur son passé et ses motivations pour être avec lui avait fait place au plaisir qu'il avait ressenti lorsqu'il avait réalisé qu'elle n'avait pas craint les actes les plus débauchés qu'il partageait avec elle. Le fait que ses motivations pour être avec lui ne soient pas honnêtes n'avait plus d'importance. Bianca l'avait compensé par la passion désinhibée qu'elle lui permettait de faire naître en elle.

Cela lui parut une éternité jusqu'à ce que ses lèvres s'écartent enfin et que son souffle vienne effleurer sa peau.

— Je te fais confiance.

Bianca laissa les mots rouler sur sa langue et réalisa au moment où ils touchèrent l'air qu'elle avait dit la vérité. Elle faisait confiance à Lorenzo, l'homme qu'elle savait être un vampire, l'homme qui pouvait la tuer si facilement s'il le voulait.

Pourtant, au lieu de la peur, une autre émotion la traversait, comme le sang qui coulait dans ses veines : l'excitation. Lorenzo la voulait, non seulement pour la baiser, mais pour lui tenir compagnie. Et il avait avoué qu'il ne se lassait pas d'elle. Sa façon de la regarder, les yeux brillants remplis de désir et d'affection, elle ne pouvait vraiment pas imaginer qu'il pourrait lui faire du mal. Même lorsqu'elle se souvenait de la façon dont il s'était disputé avec son ami, lorsqu'il avait montré ses crocs et que ses yeux étaient brûlants comme de la lave en fusion, aucune peur n'avait émergé dans son cœur.

Au contraire, le fait de savoir quelle puissance il gardait en lui rendait son désir pour lui encore plus intense.

Bianca effleura ses lèvres avec les siennes.

— Tu ne me feras pas de mal.

— Et tu ne me feras pas de mal, murmura-t-il en retour avant de prendre ses lèvres et de l'embrasser plus tendrement qu'il ne l'avait jamais fait auparavant.

Et si un vampire pouvait être tendre, alors elle n'avait rien à craindre de lui, elle le savait au fond de son cœur. Sa seule crainte maintenant était qu'il se lasse d'elle, car ce qu'elle désirait le plus, c'était rester avec lui, non pas pour continuer à chercher le trésor, mais pour être avec Lorenzo.

Quand il la porta au lit cette nuit-là et la berça dans ses bras, Bianca ne dormit pas pendant longtemps. Au lieu de cela, elle le regarda dormir, elle observa sa poitrine s'abaisser et se soulever à chaque respiration. C'était un homme vivant, plein de passion et de tendresse. Et il avait du pouvoir sur elle, tout comme elle en avait sur lui.

Les mots de son ami résonnaient à ses oreilles.

— *As-tu assez confiance en elle pour ne pas craindre qu'elle te tue dans ton sommeil ?*

Bianca regarda la forme nue et endormie de Lorenzo et caressa de la main l'endroit où se trouvait son cœur. Il battait contre sa paume, fort et régulier.

— Mon amour, marmonna-t-il dans son sommeil.

Non, elle ne pouvait pas lui faire de mal, même s'il s'avérait être un terrible monstre. Elle espérait donc de tout cœur que ce que signifiait être un vampire n'était rien d'autre qu'une affliction qui l'obligeait à boire du sang, mais qu'en dehors de cet acte macabre, il était aussi humain qu'elle le pensait elle-même.

— Dors, mon amour, tu es en sécurité, murmura-t-elle avant de se blottir dans la courbe de son corps.

17

Depuis la nuit où il s'était disputé avec Raphael, Lorenzo avait l'impression que Bianca le regardait différemment. Chaque fois qu'elle pensait qu'il ne regardait pas, il la surprenait en train de l'observer d'une manière très particulière, comme si elle ne pouvait pas en croire ses propres yeux. Cela aurait été déconcertant si elle n'était pas devenue en même temps encore plus désirable au lit, l'incitant à les conduire tous les deux au point où le contrôle se brisait et où l'extase régnait en maître.

— Attache-moi ! l'exhorta Bianca alors qu'elle se tortillait sous lui, déjà baignée de sueur par leurs ébats, mais impatiente d'en savoir plus.

Il retira son érection dure comme le roc, plus que désireux d'accéder à sa demande. Alors qu'il prenait les liens qui avaient élu domicile sur sa table de nuit et commençait à lui attacher les poignets au-dessus de sa tête, Bianca balançait impatiemment son bassin contre lui.

— Oui, montre-moi à quel point tu es puissant. Fais que je me soumette à toi.

Ses paroles étaient entrecoupées d'une forte respiration, sa voix semblait presque délirante. Et ses yeux le regardaient avec une luxure indomptable, sa langue léchant ses lèvres comme elle le faisait toujours lorsqu'elle voulait le sucer. Mon Dieu, il était un bâtard chanceux d'avoir Bianca dans son lit.

Une fois qu'il eut fixé les liens autour de la tête de lit, il s'abaissa à nouveau sur elle, faisant glisser sa queue sur sa perle. Elle siffla et se cambra contre lui, mais il se retira trop vite pour elle.

— Oh, non, ma douce, je suis ton maître maintenant. Je contrôlerai ton plaisir.

Elle baissa les yeux sur sa queue.

— Laisse-moi te sucer. Je sais combien tu aimes cela.

Même si elle avait raison de dire qu'il appréciait sa queue dans sa bouche, il secoua la tête.

— C'est ton plaisir que je veux.

Puis il attrapa le foulard noir.

— Maintenant, sois une bonne maîtresse et ferme les yeux.

Il y eut une lueur de surprise dans son regard avant qu'elle ne baisse les paupières et ne se laisse bander les yeux. Il ne l'avait jamais privée de la vue auparavant, mais il ne l'avait jamais vue agir avec autant d'abandon que ce soir. Si jamais elle acceptait, ce serait ce soir.

— Que vas-tu faire ? demanda-t-elle.

Il n'entendait aucune peur dans sa voix, seulement de l'excitation.

— Tu te souviens quand je t'ai dit qu'à l'occasion, je voudrais que quelqu'un d'autre nous observe ?

Sa respiration se bloqua et ses muscles se tendirent.

— Qui est-ce ?

Lorenzo sourit.

— Tu ne l'as pas rencontré. Et peu importe qui il est. Tout ce qui compte, c'est que tu saches qu'un étranger te regarde pendant que je te donne du plaisir.

Il se leva et balança ses jambes sur le côté du lit.

— Il attend en bas. Je vais aller le chercher tout de suite.

Il se leva, se dirigea vers la porte et l'ouvrit, jetant un coup d'œil par-dessus son épaule. Il remarqua que la poitrine de Bianca se soulevait et que sa respiration était plus irrégulière qu'auparavant.

— Ne t'inquiète pas, mon amour. Il ne peut que regarder, pas toucher.

Puis il sortit dans le couloir et referma la porte derrière lui.

Bianca sentit son rythme cardiaque s'accélérer. L'idée qu'un autre homme les observe l'effrayait et l'excitait à la fois. Mais il était trop tard pour faire quoi que ce soit. Elle était attachée, volontairement d'ailleurs, et incapable de bouger. Peut-être que c'était mieux ainsi : elle pouvait vivre ses fantasmes les plus fous, des choses qu'elle n'aurait jamais osées auparavant.

Lorsqu'elle entendit des pas dans l'escalier, elle s'arc-bouta. Quelques instants plus tard, la porte s'ouvrit et se referma.

— Je suis de retour, Bianca. Mon ami va se placer à droite du lit pour bien voir ce que je fais. Je lui ai demandé de ne pas parler afin que tu ne puisses pas reconnaître sa voix lorsque tu le rencontreras dans une société polie à l'avenir.

L'idée qu'elle puisse un jour se retrouver face à cet homme la fit soudain paniquer.

— Lorenzo, ce n'est peut-être pas une bonne idée.

— C'est absurde. Il suffit d'oublier qu'il est là.

Lorsque la main de Lorenzo caressa sa cuisse, Bianca sursauta.

— Doucement, mon amour, doucement. Je pensais que tu voulais faire quelque chose de nouveau. Et regarde...

Il s'arrêta, fit glisser ses doigts jusqu'à son entrejambe, et plongea un doigt dans sa grotte humide.

— Comme tu es mouillée à l'idée de faire ça.

Puis il inspira de façon audible.

— J'ai besoin de te goûter.

Lorenzo écarta davantage ses cuisses, puis s'installa entre elles. Son souffle chaud effleura sa chair humide un instant avant que sa langue ne vienne la lécher, laper les sucs qui suintaient de son sexe palpitant. Ses gémissements se répercutaient dans son corps, chassant toute pensée sensée de son esprit embrumé par la passion.

— Oh, mon Dieu, dit-elle. Encore.

Lorenzo souleva sa tête de sa chair et l'air froid vint l'effleurer. Mais cela n'éteignit pas le feu qui brûlait déjà en elle.

— Tu sens ça, mon ami ? Oui ? Elle est encore meilleure. Dommage que tu ne puisses pas en profiter. N'est-ce pas, Bianca ? Ou veux-tu qu'il te lèche aussi ?

Choquée, Bianca tira sur ses liens.

— NON !

Elle entendit le sourire dans la voix de Lorenzo lorsqu'il répondit.

— Bonne réponse, parce que, si tu avais dit que tu le voulais aussi, j'aurais dû le tuer, amitié ou pas.

Puis il enfonça un doigt épais en elle, faisant se contracter ses muscles autour de lui.

— Parce que tu es à moi seul. Pas de celles qu'on partage. Personne d'autre ne doit te toucher.

— Oui fut tout ce qu'elle fut capable de gémir alors qu'il continuait à la doigter, ajoutant un deuxième doigt au premier.

Mais le contact la laissait sur sa faim, ne lui donnant pas assez de friction, ne la remplissant pas comme elle avait besoin d'être remplie.

— J'ai besoin de plus.

— Je le sais, mon amour. Tu dois apprendre à demander ce que tu veux. Alors, demande-le.

Elle déglutit, appréhendant qu'une autre personne que Lorenzo l'entende prononcer des mots sales.

— Je veux que tu sois en moi.

— Je *suis* à l'intérieur de toi, souligna Lorenzo et il enfonça ses doigts jusqu'aux phalanges.

— Ta queue !

— Ah, tu veux ma queue.

— Oui, remplis-moi de ta queue !

— Comment veux-tu que cela se passe ? Lentement et doucement ?

Bianca se tortilla contre lui, sa perle ayant un besoin désespéré.

— Durement, rapidement.

Lorsqu'il retira ses doigts, elle soupira d'impatience. Son corps se posa sur elle.

— Touche-moi d'abord, supplia-t-elle, incapable de calmer le besoin brûlant qui l'habitait.

Un instant plus tard, sa queue dure glissait sur sa perle.

— Oui ! s'écria-t-elle, envahie par un sentiment de soulagement.

Mais une seconde plus tard, son érection se heurta à sa chatte et la transperça d'un mouvement si puissant qu'il rapprocha son corps tout entier de la tête de lit.

— C'est comme ça que tu aimes ? grogna-t-il.

— Oui !

Lorenzo se retira, puis revint en elle. Elle appuya ses mains liées contre la tête de lit, sentant les lettres gravées sous le bout de ses doigts alors qu'elle se préparait à l'impact suivant. Au lieu de cela, elle sentit sa main arracher le bandeau de ses yeux.

— Je veux que tu me regardes quand tu jouis.

Sa voix était crue.

Ses yeux se portèrent sur la droite du lit, à la recherche de l'étranger qui les observait. Elle ne vit personne. Lorsqu'elle renversa la tête en arrière, son regard se heurta à celui de Lorenzo.

— Tu ne pensais pas que je laisserais un homme te voir ainsi, n'est-ce pas ? Tu es à moi. Personne d'autre n'a le droit de te voir ainsi.

Ses mots firent tomber le mur autour de son cœur comme s'il s'agissait d'un simple écran de papier. Elle le regarda dans les yeux. Ils brillaient d'un éclat rouge orangé. Auparavant, elle n'y aurait vu qu'un reflet de la lumière des bougies, mais, maintenant qu'elle savait ce qu'il était, un vampire, elle comprenait qu'il se tenait à la limite de son contrôle. Et à ce moment précis, elle réalisa ce qu'elle voulait.

Ses lèvres s'écartèrent et les mots qu'elle pensait ne jamais prononcer jaillirent de ses lèvres.

— Alors, mords-moi et fais-moi tienne.

Le cœur de Lorenzo s'arrêta lorsque son corps se mit à reculer de lui-même, le catapultant virtuellement hors du lit si vite qu'il réalisa que son côté vampire avait pris le contrôle. Les mots de Bianca résonnaient encore et encore dans sa tête : *mords-moi*. Elle savait ! Bianca savait !

Son cœur se remit à battre, plus vite maintenant. Il aspira de l'air, gonflant sa poitrine, son corps prêt à se battre.

— Lorenzo, s'il te plaît, reviens !

La demande de Bianca le fit sursauter et tourner son regard vers elle. Toujours attachée et totalement vulnérable dans sa nudité, ses yeux n'avaient pas perdu le désir qu'il avait vu briller plus tôt.

— Je... tu... tu te trompes.

Son cerveau n'arrivait pas à produire une pensée cohérente. Il avait l'impression qu'il était en train d'être désassemblé.

— Je sais ce que tu es.

Il secoua la tête. Le déni était la seule solution.

— Tu ne sais rien.

— Tu es un vampire. J'ai vu comment tu as changé.

— Non, s'écria-t-il en reculant d'un pas.

— Cette nuit-là, tu t'es disputé avec ton ami... J'ai vu tes crocs, j'ai vu tes yeux. Je sais ce que tu es. Je t'ai entendu le dire.

Lorenzo se passa la main dans les cheveux et fit un pas timide vers le lit.

— Tu as écouté aux portes ?

Bianca acquiesça.

— Je suis contente de l'avoir fait.

— Tu ne t'es pas enfuie. Pourquoi ?

— Je voulais le faire. Mais tu es sorti du salon.

Lentement, il s'approcha du lit, guettant les signes de peur de Bianca, mais il n'y en avait pas.

— Tu aurais pu t'échapper plus tard.

— Non. Je ne pouvais pas t'échapper. Pas à l'époque. Ni maintenant. Tu as capturé mon cœur. Tu avais l'air si désemparé cette nuit-là, si triste. Je n'ai pas eu le courage de te quitter. Et quand tu m'as dit que tu avais besoin de moi, j'ai...

Sa voix s'était éteinte, mais ses yeux continuèrent sa phrase.

Est-ce que cela pourrait être réel ? L'aimait-elle vraiment ? Comment en être certain ? Il devait lui offrir un choix.

— Tu es libre de partir, Bianca.

Lorenzo s'arrêta à côté du lit et lui détacha rapidement les poignets. Puis il recula.

— Pars maintenant. Je ne te ferai pas de mal. Tout ce que je te demande, c'est de garder mon secret.

Bianca se redressa et secoua la tête.

— Non, je ne peux pas faire ça.

Il ferma les yeux un instant. Elle ne garderait pas son secret ? Mon Dieu, non ! Pourquoi devait-elle le forcer à agir ? Il ne voulait pas effacer de sa mémoire tout ce qui s'était passé, mais il savait maintenant qu'il devait le faire. L'angoisse le submergea à l'idée que le même sort que celui de Sabina s'abattrait sur Bianca.

— Je t'en supplie.

Bianca descendit du lit, ses pieds nus rendant ses pas à peine audibles sur le sol en bois. Elle franchit la distance qui les séparait et posa sa main sur sa poitrine.

— Je ne te quitterai pas. J'ai envie de toi, plus que jamais.

Il posa sa main sur la sienne.

— C'est de la folie, tu devrais fuir tant que tu le peux.

— Mon cœur a déjà fait son choix. Je te veux. Mais si tu t'es déjà lassé de moi...

Il posa son doigt sur ses lèvres. Elle avait envie de lui ? Était-ce possible ?

Son cœur parla pour lui lorsqu'il ouvrit les lèvres.

— Je ne me lasserai jamais de toi.

— Alors, mords-moi, dit-elle avec un sourire ravissant. Je sais que tu en as envie. Je le sens à chaque fois que tes dents effleurent ma peau.

Sa queue se raidit à l'idée de planter ses crocs en elle. Il l'attira dans ses bras.

— Mon amour, tu ne peux comprendre le millième de ce que cela signifie pour moi.

Être autorisé à se nourrir de la femme qui avait capturé son cœur était plus que tout ce qu'il avait jamais espéré.

— J'ai eu envie de ton sang depuis que tu es entrée dans ma maison. Et je l'ai combattu chaque jour.

— Plus maintenant, murmura-t-elle en inclinant la tête pour dévoiler son cou gracieux.

— N'aie pas peur.

Lorenzo la souleva dans ses bras et la porta jusqu'au lit, où il l'allongea avant de se placer au-dessus d'elle et de s'installer entre ses cuisses.

— Je veux te faire l'amour en même temps.

Il passa sa main sur son visage, lissant une mèche de cheveux. Puis il bougea ses hanches et se glissa en elle avec un soupir sonore lorsque sa queue s'enfonça profondément dans son canal brûlant.

Bianca haleta en fermant les yeux.

— Regarde-moi.

Lorsqu'elle ouvrit les yeux, Lorenzo voulut que ses crocs sortent. Il les sentit dépasser ses lèvres et remarqua que Bianca le regardait avec fascination. Il n'y avait pas de peur.

— Je t'aime, murmura-t-il, puis il pencha la tête pour toucher la peau douce de son cou.

Il la sentit frissonner lorsqu'il la lécha.

— Fais-le, mon amour.

Lorenzo ouvrit plus grand la bouche et planta ses crocs dans sa peau qu'il transperça, avant de s'enfoncer plus profondément. Alors qu'il aspirait les premières gouttes de son sang, sa tête se mit à tourner. Son essence était pure et pécheresse à la fois, plus enivrante qu'il n'aurait jamais pu l'imaginer. Sans se presser, il suça sa veine, prenant l'essence vivifiante dans son corps qui rajeunirait ses cellules et rechargerait son pouvoir.

En même temps, ses hanches bougèrent et il retira lentement sa queue de son fourreau pour la replonger en elle. Ses muscles le serrèrent fermement et elle frémit lorsqu'il s'enfonça profondément. Mais il avait besoin de plus, d'une connexion encore plus étroite avec le trésor qu'il tenait dans ses bras. Et pour la première fois de sa vie, il ouvrit son cœur et le mit à nu en lui envoyant ses émotions.

Il sut, lorsqu'elle pressa sa main contre l'arrière de sa tête pour le serrer plus fort contre son cou, qu'elle sentait le lien qui les unissait.

— Oh, mon Dieu, Lorenzo ! gémit-elle dans une respiration superficielle.

Lorenzo dégagea son cou et lécha les plaies qui se refermèrent instantanément, et tourna son visage vers elle. Ses lèvres brillaient et l'invitaient à s'approcher. Alors qu'il frôlait ses lèvres tachées de sang et les léchait, elle les écarta. Il passa sa langue à l'intérieur et l'embrassa, la réclamant comme sienne, tout en continuant à lui envoyer ses sentiments, son esprit et son cœur se déversant en lui pour qu'elle comprenne la profondeur de son besoin d'elle.

Ses mains l'entourèrent pour le serrer plus fort et l'inciter à la prendre encore plus intensément. Il s'exécuta et s'enfonça plus profondément en elle jusqu'à ce que ses muscles intérieurs se contractent autour de lui, et l'envoient sur la crête et au paradis.

18

Bianca sentit les lèvres de Lorenzo sur les siennes et ouvrit lentement les yeux.

— C'est ce qu'on appelle la petite mort, expliqua-t-il avec un sourire en lui caressant la joue du bout de l'index.

— J'ai perdu connaissance.

Elle ne s'était jamais évanouie au lit avec un homme.

— Cela arrive parfois quand le plaisir est trop fort pour être supporté, expliqua-t-il en déposant un doux baiser sur ses lèvres.

Si elle avait eu un peu de décence, elle aurait rougi à ses paroles, mais elle ne pensait qu'à ce qu'elle avait ressenti lorsqu'il l'avait mordue. Non seulement son corps tout entier s'était embrasé, mais elle l'avait senti, elle avait senti ses émotions, l'amour qu'il avait pour elle, presque comme si elle avait été à l'intérieur de son esprit.

— J'ai ressenti quelque chose d'étrange lorsque nous avons fait l'amour, commença-t-elle.

Lorenzo lui prit la main et le porta à ses lèvres pour l'embrasser.

— Je sais. Je t'ai ouvert mon cœur pour que tu puisses sentir ce qu'il y a en moi.

Elle n'avait donc pas rêvé.

— Comment ?

— Mes pouvoirs de vampire me permettent d'entrer en contact avec toi et de t'envoyer mes pensées et mes sentiments sans parler.

— Cela signifie-t-il que tu peux aussi lire dans mes pensées ?

Il secoua la tête.

— Je ne sais que ce que tu me montres ou me dis, mais je ne peux pas voir dans ton cœur. Mais ce que tu m'as montré ce soir, ce que tu m'as donné en m'offrant ton sang, m'a dit tout ce que j'avais besoin de savoir.

Ses yeux brillaient de l'affection qu'il lui portait. Sa poitrine s'alourdit de tous les secrets qu'elle lui cachait encore. Mais elle ne pouvait pas les partager maintenant.

— Et ton sang.

Il inspira profondément, fermant les yeux un instant.

— Ma douce Bianca, je n'ai jamais rien goûté d'aussi pur que toi.

Pure ? Elle n'était pas pure. La panique la saisit un instant. Et s'il découvrait son passé ? Sa vie de courtisane ? La considérerait-il toujours comme pure ? Son pouls s'accéléra à l'idée que s'il découvrait son secret, il pourrait changer d'avis à son sujet. Et alors ? La rejetterait-il, amer de sa tromperie ?

Si elle avouait tout maintenant, lui pardonnerait-il ? Elle devait essayer.

— Lorenzo, il y a quelque chose que je dois dire...

Elle marqua une pause, ne sachant pas comment continuer.

— Bianca, avant que tu ne dises quoi que ce soit d'autre, je dois t'expliquer une chose. C'est à propos de ce que tu as entendu cette nuit-là. À propos de Sabina.

À la mention de ce nom, Bianca se souvint des paroles de son ami au sujet d'une trahison. Un sentiment de malaise commença à l'envahir.

— Oui ?

Lorenzo roula sur le côté et laissa sa tête tomber sur l'oreiller à côté d'elle. Puis il l'attira dans la courbe de son corps, la berçant contre lui. Lorsqu'il se mit enfin à parler, elle sentit son souffle sur son oreille.

— J'ai aimé une femme autrefois. Elle était humaine et s'appelait Sabina, déclara-t-il avant de soupirer. J'avais confiance en elle et je croyais qu'elle m'aimait. Et peut-être qu'elle m'aimait. Mais son amour n'était pas assez fort.

— Qu'est-ce qui s'est passé ?

— Elle m'a trahi. Lorsque je lui ai avoué ce que j'étais, elle a prétendu que cela ne la dérangeait pas, qu'elle pouvait vivre avec. J'aurais dû le voir. Elle avait caché ses sentiments à la vue de tous. Une nuit, je me suis réveillé et je l'ai trouvée penchée sur moi avec un pieu. Elle a failli me tuer.

Un lourd soupir lui échappa alors que des larmes se formaient dans ses yeux.

— Oh, Lorenzo, je suis tellement désolée.

Elle comprit alors qu'il ne pourrait pas pardonner une autre trahison.

— Qu'est-ce qui s'est passé ?

— J'ai dû effacer de sa mémoire toute connaissance de moi. Mais c'était trop pour son esprit. Elle est devenue folle et est morte peu après.

Le cœur de Bianca s'arrêta net. Elle avait senti ses sentiments quand il les avait projetés dans son esprit, et le fait de savoir qu'il pouvait effacer des souvenirs ne la surprenait pas vraiment. Pourtant, il y avait quelque chose d'autre qui n'avait pas de sens pour elle.

— Mais je ne comprends pas. Comment a-t-elle pu ne pas t'accepter ? Pourquoi aurait-elle renoncé au plaisir que sa morsure lui procure ? Pourquoi aurait-elle...

— Je n'ai jamais pris son sang. Elle ne me l'a pas permis. À l'époque, je pensais que, si j'étais patient, elle changerait peut-être d'avis. Mais parfois, nous ne voulons pas voir ce qui est visible. Elle ne m'aimait pas.

Un sanglot lui échappa.

— Toi, mon amour, tu es la seule femme qui m'ait jamais offert son sang. Et pour cela, je te chéris encore plus.

Ses mots l'étouffaient, car elle savait qu'elle ne méritait pas son adoration. Elle l'avait trompé tout comme Sabina, et, bien que Bianca n'ait jamais eu l'intention de le blesser, elle savait que s'il découvrait son passé, il ressentirait le même genre de trahison que celle qu'il avait vécue avec Sabina. Elle ne put empêcher le prochain sanglot de s'échapper de sa gorge.

Lorenzo caressa sa joue.

— Tu pleures mon chagrin d'amour, mon amour ? Ce n'est plus nécessaire. Mon cœur est réparé maintenant. Je te l'ai donné, et je ne peux pas imaginer une femme plus digne de le garder en sécurité pour moi.

Alors que ses larmes coulaient librement, les mains de Lorenzo la caressaient et la berçaient vers le sommeil et le confort qu'elle ne méritait pas.

Lorenzo s'adossa au fauteuil de la chambre de Nico et regarda le feu.

— Alors, pourquoi ne pas lui dire que tu connais son passé ? demanda Nico en prenant place à côté de lui, étirant ses longues jambes vers le feu.

— Les choses ont été si parfaites ces derniers jours que je ne veux pas bouleverser le statu quo.

— Et quel est le statu quo ? reprit son ami avec insistance.

— Je te l'ai déjà dit. Elle me connaît maintenant. Et elle m'accepte tel que je suis. Bon sang, chaque jour et chaque nuit, elle m'offre son sang. Librement, sans contraintes. Je ne peux pas lui dire que j'ai cherché à connaître ses antécédents. Que penserait-elle ?

Nico sourit.

— Que tu es un homme prudent ? Qui a des raisons d'être prudent, si je puis dire. Elle ne peut certainement pas te reprocher cela. Elle s'est présentée chez toi, sans prévenir et...

— Ce qui me rappelle, l'interrompit Lorenzo, quel devait être mon cadeau de pendaison de crémaillère si ce n'était pas Bianca ?

— Ah, ça ! sourit Nico. Nous avions prévu d'organiser une orgie pour toi, avec des danseuses du ventre exotiques fraîchement débarquées d'Orient, mais, vu ton engouement pour cette femme, je suppose que nous allons plutôt acheter un meuble.

— J'apprécie beaucoup.

L'idée d'une orgie ne l'attirait pas du tout. Pas alors que Bianca réchauffait son lit.

— Pour en revenir à mon propos, *c'est elle* qui t'a trompé, mais c'est toi qui te sens coupable d'avoir enquêté sur ses antécédents. Pourquoi est-ce que je trouve ça bizarre ?

Nico fit une grimace presque comique, soulignant son sarcasme.

— Parce que tu es un âne insensible, Nico ! Si tu comprenais un tant soit peu les femmes, tu verrais clairement que je suis dans un dilemme. Comment vais-je lui montrer que son passé n'a aucune incidence sur les sentiments que j'éprouve pour elle, alors que je ne veux pas lui dire que je le sais déjà ?

Avec ses mains, Nico fit des cercles dans l'air avec ses mains.

— Comme tu l'as si bien dit, c'est un dilemme. Et tu es tout à fait sûr, tu n'es pas prêt à avouer ta petite indiscrétion au sujet de l'enquête sur son passé ?

Lorenzo lui lança un regard agacé et Nico leva instantanément les bras au ciel.

— Très bien. Et comme je connais un peu les femmes, merci beaucoup, j'ai une suggestion.

Lorenzo s'avança sur sa chaise.

— Laisse-moi faire.

— Je n'ai pas encore rencontré de femme qui ne pardonne pas un petit péché comme le tien tant que la récompense est assez importante.

— La récompense ?

Nico acquiesça, son index droit pointant l'annulaire de sa main gauche.

— Oui, la récompense. Et ne me dis pas que l'idée ne t'a pas encore traversé l'esprit.

En effet, cette idée lui avait traversé l'esprit.

19

Bianca se tournait et se retournait. Elle avait enregistré qu'à un moment donné, peu avant l'aube, Lorenzo était revenu de sa visite à un ami et l'avait rejointe dans le lit. Il dormait profondément maintenant, mais son propre sommeil était agité. Ses rêves la tourmentaient.

Les scènes de son séjour à Florence défilaient dans son esprit, lui rappelant ce qu'elle ne voulait pas retrouver. Les images de ses anciens amants se mêlaient à celles des prétendants que son père avait entretenus, se moquant d'elle maintenant qu'elle était une femme déchue. Tout Venise le savait. Elle se retrouvait dans la rue, sa robe déchirée, traversant la place Saint-Marc pieds nus et sans une *lire*. Les gens qu'elle croisait se détournaient d'elle. Mais leurs paroles qu'ils chuchotaient lui parvenaient.

Une pute.
Son amant l'a découvert et l'a jetée à la rue, là où est sa place.
Elle lui a menti.
C'est un secret de polichinelle.
Tout cela pour un trésor caché à la vue de tous.

En sueur, Bianca se réveilla en sursaut. Sa poitrine se gonflait sous l'effet de l'effort qu'elle devait fournir pour respirer. Elle jeta un coup d'œil à Lorenzo, espérant qu'elle n'avait pas parlé dans son sommeil. Mais il dormait profondément, le reflet des flammes du petit feu dansant sur sa peau.

Aussi silencieusement que possible, elle se glissa hors du lit et se dirigea vers le pichet d'eau sur le buffet. Elle se versa un verre et l'avala goulûment, essayant de rafraîchir son corps échauffé.

Elle ne pouvait pas continuer ainsi. Elle devait lui parler de son passé et de la raison de sa présence ici. Peut-être qu'il lui pardonnerait sa tromperie. S'il l'aimait vraiment comme il le lui montrait chaque fois qu'il buvait son sang, peut-être pourrait-il trouver dans son cœur la force de lui pardonner.

Bianca fit un pas hésitant vers le lit. Le feu derrière elle projetait des ombres étranges sur le corps de Lorenzo et sur la tête de lit derrière lui. Alors qu'elle s'approchait, les ombres se déplaçaient, attirant son regard sur la sculpture complexe de la tête de lit en bois. Elle la fixa, ses yeux s'arrêtant soudain sur le travail délicat.

Son cœur s'arrêta lorsqu'elle la vit. Là, il y avait une inscription en grandes lettres gravées : *Tesoro*. Trésor. Ses pieds la portèrent jusqu'au bord du lit, mais il n'y avait pas d'erreur. La gravure disait bien « trésor ».

Bianca se glissa sur le lit, en prenant soin de ne pas déranger Lorenzo, s'agenouilla devant la sculpture, et laissa ses mains courir sur les lettres. Elle les avait déjà senties quand Lorenzo l'avait attachée, mais elle n'y avait jamais prêté attention. Mais, maintenant qu'elle savait ce qu'elles signifiaient, elle pressait chaque lettre, retenant son souffle. La dernière lettre céda et s'enfonça. Un instant plus tard, une partie de la sculpture, pas plus grande qu'un livre, s'ouvrit comme une petite porte.

Derrière, il y avait un espace sombre. C'est là que devait être caché le trésor de son père.

L'excitation l'envahit lorsqu'elle plongea sa main à l'intérieur, sans pouvoir en voir le contenu, faute d'éclairage adéquat. Le bout de ses doigts effleura un morceau de papier. Elle le sortit de la petite grotte et le brandit pour que la lumière de la cheminée l'éclaire.

La déception l'envahit lorsqu'elle y regarda de plus près : sous le symbole d'une croix avec trois vagues horizontales, il n'y avait qu'une liste de noms. Pas de carte au trésor, pas d'instructions sur l'endroit où le vrai trésor était enterré. Elle jeta l'objet inutile sur l'oreiller à côté d'elle et fouilla à nouveau dans le compartiment caché.

Sa main rencontra un petit objet en métal. Elle le sortit et l'examina. C'était une bague. Mais il ne brillait pas et ne contenait pas de grosse pierre précieuse. Au contraire, l'anneau était plutôt laid, sa pierre noire portant le même symbole que celui qu'elle avait remarqué sur le papier qu'elle avait trouvé. Ce n'était pas un trésor ! C'était un bijou presque sans valeur qui ne lui plaisait même pas.

Il devait y avoir quelque chose d'autre dans ce trésor. Est-ce que c'était vraiment tout ce que son père lui avait laissé ? Avait-il vendu le reste et dilapidé l'argent au jeu ?

Découragée, Bianca s'aventura dans le compartiment sombre et passa sa main systématiquement de gauche à droite et de haut en bas lorsque sa paume rencontra un bâton. Elle enroula sa main autour de sa surface lisse et l'amena à la lumière.

Les battements de son cœur redoublèrent lorsqu'elle regarda l'objet que sa main tenait fermement : un pieu ! Elle tenait un pieu en bois. Un souffle lui échappa. Son père avait-il chassé des vampires ? Avait-il tué des hommes comme Lorenzo ?

Mais elle n'eut pas le temps d'y réfléchir davantage qu'un mouvement sur sa gauche entra dans son champ de vision. Alors qu'elle tournait la tête, Lorenzo se jeta sur elle et la plaça sur le dos, ses bras puissants saisissant ses poignets et les pressant contre le matelas de part et d'autre de sa tête. En même temps, il la chevaucha, la clouant au lit pour qu'elle soit incapable de bouger.

Lorsqu'elle aperçut le regard qu'il portait sur elle, elle poussa un cri. Ses yeux étaient d'un rouge éclatant et ses crocs étaient sortis. Il poussa un grognement bas et sombre.

— Toi aussi ? Comment as-tu pu ? s'exclama-t-il, l'incrédulité transparaissant dans sa voix. Salope sournoise ! Je te faisais confiance !

Elle savait à quoi cela devait ressembler, et sachant ce que son ancien amant avait fait, elle ne pouvait que comprendre sa colère.

— Lorenzo ! Je t'en prie, ne me fais pas de mal ! S'il te plaît, je n'ai pas...

Il lui montra ses crocs et grogna.

— Tu as essayé de me tuer !

Puis il rejeta la tête en arrière.

— Et dire que je t'aimais ! Quel idiot je suis !

— Non, non ! plaida-t-elle. Je n'ai pas essayé de te faire du mal.

Il laissa échapper un rire amer.

— Oh, non ? Le pieu dans ta main dit le contraire.

Il arracha l'objet incriminé de sa paume et le jeta sur le lit.

— Je l'ai trouvé ! Il n'est pas à moi. Il était avec le trésor !

Bianca ferma les yeux, repoussant les larmes qui menaçaient de remonter à la surface. Il ne croirait pas ses larmes. Sa seule chance pour qu'il la croie était de lui dire la vérité, toute la vérité, tous les détails horribles.

— Quel trésor ?

Elle déglutit difficilement avant de rouvrir les yeux. Son regard était aussi furieux qu'avant, et pourtant, elle ne l'avait jamais trouvé aussi beau. Et elle allait le perdre. Lorsqu'il connaîtrait son passé, il la jetterait à la rue. Au moins, elle serait en vie, même si elle ne pouvait pas s'imaginer vivre sans Lorenzo. Il avait fini par tout représenter pour elle ces derniers jours.

— Mon père m'a parlé d'un trésor qu'il avait caché dans cette maison. Il a dit qu'il valait plus que la maison elle-même.

Lorenzo soupira, mais ne dit rien.

— Je suis revenue pour le trouver afin de pouvoir enfin commencer une nouvelle vie. Je ne suis pas une dame. Je ne suis plus la fille bien élevée d'un marchand de Venise. Tu mérites de savoir ce que j'ai fait. Je t'ai trompé. J'ai caché mon déshonneur, et je suis désolée. Mais quand mon père a voulu me marier à un vieil homme que je détestais, j'ai dû fuir. Je devais m'échapper.

Elle ferma les yeux et laissa échapper une larme.

— Pour survivre, je suis devenue une courtisane. Je ne vaux pas mieux qu'une vulgaire pute.

— Bianca...

— Non ! Ne dis rien maintenant. Écoute-moi. J'ai essayé d'échapper à mon sort. À la mort de mon père, je suis revenue pour trouver le trésor dont il m'avait parlé il y a tant d'années. Mais monsieur Mancini m'a dit que la maison avait déjà été vendue. Je suis entrée, en espérant que le nouveau propriétaire n'emménagerait pas avant la semaine suivante. D'ici là, je serais partie avec mon trésor. Mais tu es arrivé cette nuit-là...

— Tu n'étais pas dans la maison dans l'espoir de me séduire pour pouvoir rester et te trouver un riche mari ?

Elle secoua la tête.

— Non ! Bien sûr que non. Tout ce que je voulais, c'était chercher le trésor de mon père et partir pour commencer une nouvelle vie où personne ne me connaissait.

Lorenzo relâcha sa prise sur ses poignets.

— Continue.

— Tu connais la suite.

— Non. Dis-moi pourquoi tu es restée et pourquoi tu m'as permis de te séduire et de mettre dans mon lit.

Elle détourna les yeux, sentant la gêne l'envahir au souvenir de leur intimité.

— Au début, je suis restée simplement pour continuer mes recherches. Mais ensuite...

— Alors ?

Ses yeux avaient retrouvé leur couleur normale, et ses crocs s'étaient également retirés.

— Je suis restée parce que je ne voulais pas te quitter. J'ai ressenti quelque chose que je n'avais jamais ressenti auparavant.

Les battements de cœur de Lorenzo ralentirent alors que sa colère commençait à se dissiper lentement.

— Si tu as des sentiments pour moi, pourquoi as-tu essayé de me tuer ?

— Je ne l'ai pas fait. J'ai trouvé le pieu. Là.

Elle lui montra la tête du lit.

— Il était avec le trésor, dit-elle avec un grognement peu féminin. Et quel trésor c'était : un stupide anneau et un morceau de papier. Sans valeur ! Maintenant, je n'ai plus rien.

Lorenzo se tourna pour regarder derrière lui et vit l'ouverture dans la tête de lit. Une cachette secrète et astucieuse de surcroît. Il ne l'avait jamais remarquée, même s'il n'avait jamais jeté à ce meuble qu'un coup d'œil superficiel. Chaque fois qu'il s'était trouvé dans cette pièce, toute son attention avait été portée sur Bianca, et il n'avait jamais vraiment pris en compte les détails de son environnement.

Alors qu'il s'apprêtait à se retourner vers Bianca, son regard tomba sur l'oreiller. L'anneau d'onyx noir contrastait avec le lin blanc.

— Bon sang ! maugréa-t-il en ramassant l'objet maléfique, avant de tourner la tête vers elle. C'est la bague que tu as trouvée ?

Elle acquiesça.

— Tu te rends compte de ce que c'est ?

— Ce n'est qu'une bague sans valeur. Ce n'est même pas un diamant.

La déception dans sa voix lui disait qu'elle n'avait vraiment aucune idée de ce sur quoi elle était tombée.

— Ceci, ma douce, est l'anneau d'un gardien.

Elle lui lança le regard le plus confus qu'il lui ait jamais vu porter.

— C'est moche.

Il se sentit soudain obligé de sourire.

— C'est bien cela. Il semble que ton père était un Gardien, un membre de la société secrète qui chasse notre espèce.

Bianca sursauta.

— Il chassait les vampires ?

— Il semble que ce soit le cas.

— Je ne comprends pas. Où est donc le trésor dont il a parlé ? Me racontait-il des histoires pour m'amuser quand j'étais enfant ?

Lorenzo tenait la bague devant son visage.

— C'est un trésor. C'est tout ce que tu as trouvé ?

— Il y avait aussi un morceau de papier avec des noms.

— Des noms ?

Lorenzo se retourna pour ramasser la feuille de papier qu'il avait ignorée plus tôt et la regarda à présent attentivement. Alors que ses yeux parcouraient la longue liste de noms, sa tête tourna. La liste ne pouvait que signifier que les personnes nommées étaient des Gardiens.

Il regarda Bianca, réalisant qu'il la tenait toujours prisonnière entre ses cuisses.

— C'est le vrai trésor. La liste. Les noms.

— Vaut-il plus que cette maison ?

Il acquiesça.

— C'est ce que mon père a toujours prétendu. Il disait que s'il vendait le trésor aux bonnes personnes, il deviendrait un homme riche.

— Il avait raison. N'importe quel vampire de cette ville paierait une énorme somme d'argent pour mettre la main sur cette liste. En connaissant ces noms, nous pourrons enfin nous défendre et connaître nos ennemis.

— Alors tu me crois maintenant quand je te dis que je ne voulais pas te tuer ? demanda-t-elle, la voix résignée.

Pourquoi ne se joignait-elle pas à sa joie ?

— Oui, ma douce, je te crois.

Il se détacha d'elle et la tira vers le haut pour s'asseoir.

— Alors, je devrais faire mes valises et partir.

Le cœur de Lorenzo s'arrêta.

— Partir ?

— Oui. Tu comprends que je ne peux pas rester ici plus longtemps. Tu connais mon secret maintenant. Tu sais ce que je suis. Une pute. Je ne suis plus digne d'être ta maîtresse.

Elle s'apprêtait à descendre du lit, mais il lui attrapa le bras et la tira en arrière.

— Tu as raison. Tu ne peux plus être ma maîtresse. Ce ne serait pas juste.

Puis il se pencha vers la table de nuit où il attrapa la petite boîte qu'il avait placée là à son retour. Il l'ouvrit, en sortit l'objet qu'elle contenait et se retourna vers Bianca.

— Je ne voudrais pas que la femme que j'aime soit simplement ma maîtresse.

Puis il lui prit la main et fit glisser la brillante bague de rubis à son doigt.

— Sois ma femme.

Un souffle s'échappa de la bouche de Bianca, mais aucun mot ne sortit, même lorsqu'elle ouvrit les lèvres et se racla la gorge. Ses yeux s'écarquillèrent et les larmes se mirent à couler. Son regard allait de la bague à son doigt à son visage, mais elle ne disait toujours rien.

— Bianca, s'il e plaît, dites quelque chose. Ne me tiens pas en haleine. J'ai besoin de connaître ta réponse. Tu sais que je t'aime. Tu as vu mon cœur, tu as senti la profondeur de mon engagement envers toi, maintenant s'il te plaît, dis-moi que tu veux que je sois ton mari.

Soudain, ses mains se posèrent sur son cou et l'attirèrent à elle.

— C'est un oui ? demanda-t-il.

— Oui, acquiesça-t-elle en laissant échapper un sanglot.

Son cœur explosa lorsqu'il l'attira dans ses bras et l'embrassa passionnément. Mais il y avait en lui un petit pincement de culpabilité qu'il ne pouvait réprimer. Séparant ses lèvres des siennes, il inspira profondément avant de parler.

— Bianca, mon amour, je dois te faire une confession.

Ses paupières se soulevèrent et son regard rencontra le sien.

— Oui ?

— Je connais ton passé depuis le début.

Elle s'éloigna encore.

— Tu quoi ?

— Lorsque je t'ai trouvée chez moi la première nuit, j'ai demandé à mon ami Nico de se renseigner. Je suis désolé de ne pas te l'avoir dit plus tôt, mais je craignais que tu m'en veuilles d'avoir enquêté sur toi.

— Tu savais que j'étais une pute ?

— Chut. Tu n'es pas une pute. Tu es pure.

— Je ne suis pas pure. Je suis souillée. Je suis...

Il posa la main sur son cœur.

— Ici, tu es pure. Peu m'importe le passé. Tu es celle que je veux. Sois mienne. Laisse-moi te rendre heureuse.

— Tu es sérieux, n'est-ce pas ?

Il acquiesça simplement. Un instant plus tard, elle se jeta dans ses bras et le serra plus fort qu'il ne l'avait jamais été.

— Je t'aime, Lorenzo.

Il releva son menton pour effleurer ses lèvres.

— Pour l'éternité.

Puis il la fit retomber sur les draps et vint sur elle en se glissant entre ses cuisses écartées.

— Mon amour, si jamais nous sortons de ce lit, je te couvrirai de tous les trésors que tu peux imaginer.

— Et que puis-je t'offrir ?

Il sourit.

— J'ai déjà mon propre trésor. Toi.

20

Trois semaines plus tard

— Les hommes qui figurent sur cette liste n'existent pas, proclama Raphael en brandissant le fameux papier que Bianca avait trouvé.

Alors que des murmures d'incrédulité parcouraient la douzaine d'amis rassemblés dans le salon de Raphael, Lorenzo sentit la déception s'installer. Il avait été tellement sûr que la liste contenait les membres du groupe détesté des Gardiens des Eaux Sacrées, le groupe qui les chassait, lui et ses amis, depuis des années.

Il laissa son regard voyager jusqu'à Bianca, qui s'était assise sur le canapé à côté d'Isabella et lui lança un regard rassurant. Alors que Nico, Raphael, Dante et les épouses de ces deux derniers avaient déjà rencontré Bianca trois semaines auparavant, aujourd'hui, Lorenzo l'avait présentée comme sa femme au reste de leur groupe très uni. Les rumeurs concernant ses noces avaient déjà voyagé comme des vagues océaniques à travers les canaux de Venise, et ses amis étaient impatients de voir la femme qui avait volé son cœur.

— Alors pourquoi monsieur Greco l'aurait-il caché avec un anneau des Gardiens ? Est-ce pour essayer de nous éloigner de leur piste ? demanda Andrea.

— Une ruse, je suppose, expliqua Dante. Je vous assure que Raphael et moi avons enquêté sur chacun des noms de cette liste. Sans succès. Les noms sont faux.

— Et incomplète.

Les mots d'Isabella firent basculer le regard de Lorenzo vers elle.

— Comment peux-tu le savoir ? demanda Lorenzo en faisant un pas vers elle.

— Parce que ni le nom de mon défunt mari ni celui de Massimo n'y figurent.

— Ni celui de Salvatore, ajouta Viola, qui se tenait à côté de Dante.

Lorenzo ne se souvenait que trop bien de ce qui était arrivé aux trois hommes : Giovanni, le premier mari d'Isabella, était un Gardien, et il s'était noyé. Massimo, un autre Gardien qui avait menacé de tuer Raphael avait été abattu par Isabella, et Salvatore, le Gardien qui avait presque tué Dante et l'avait forcé à transformer Viola en vampire pour la sauver d'une mort certaine, avait été abattu par Raphael.

— Peut-être qu'ils ne sont pas sur la liste parce qu'ils sont morts, fit remarquer Lorenzo.

Bianca secoua la tête.

— Je ne pense pas que ce soit le cas. L'encre sur le papier semble vieille et usée. Mon père n'a pas écrit cette liste dans les derniers mois avant sa mort.

Raphael regarda à nouveau la liste qu'il tenait dans ses mains.

— Je suis d'accord. Elle date de plus de quelques mois. Il est donc impossible que ces trois hommes ne figurent pas sur la liste. Greco ne pouvait pas savoir qu'ils étaient morts lorsqu'il a écrit les noms.

— Peut-être qu'ils sont sur la liste après tout.

Tout le monde se retourna aux paroles de Nico.

— Comment ça ? demanda Lorenzo, curieux de savoir si Nico avait compris quelque chose que les autres n'avaient pas vu.

— Un code.

Le regard de Raphael balaya le papier qu'il tenait entre les mains.

— Par Dieu !

— Oui, poursuit Nico, et s'ils avaient tous des noms de code pour s'appeler les uns les autres, de sorte que, si on les entend, leur véritable identité ne soit pas révélée ?

L'esprit de Lorenzo devint plus clair. La découverte n'avait pas été inutile.

— Il ne nous reste plus qu'à découvrir le code. Sachant que Massimo, Giovanni et Salvatore doivent être sur la liste, si nous pouvons déchiffrer ce qu'étaient leurs noms de code, nous pourrons aller au bout de la logique et trouver les noms restants.

Nico sourit.

— Tu m'enlèves les mots de la bouche, mon ami.

— Excellent ! s'écria Dante en donnant une tape sur l'épaule de Nico en regardant la ronde. Mettons-nous au travail.

Tandis que ses amis se réunissaient pour étudier la liste, Isabella se leva de son siège et s'approcha de lui. Elle s'adressa à lui à voix basse.

— Lorenzo, je pense que tu devrais ramener ta femme à la maison. Elle semble souffrante.

Instantanément, son regard se porta sur sa femme, qui paraissait en effet quelque peu pâle.

— Merci, Isabella.

Il lui prit la main et en baisa le dos avant de se diriger vers Bianca.

— Ma douce, rentrons à la maison.

Bianca lui adressa un sourire reconnaissant.

— Si tu as besoin de rester, je peux y aller toute seule.

Lorenzo l'aida à se mettre debout.

— Je préfère passer le reste de la nuit avec toi plutôt qu'avec mes amis.

Puis il passa son bras autour de sa taille.

— Maintenant, viens, tu as besoin de te reposer.

— Je vais très bien.

Il sourit à sa tentative de se débarrasser de son inquiétude et s'excusa avant d'entraîner Bianca hors de la maison. Heureux que sa maison ne soit qu'à quelques pas de celle de Raphael et Dante, il la souleva dans ses bras et la porta, ignorant ses protestations.

— Je peux marcher.

Il déposa un baiser rapide sur ses lèvres pour l'empêcher de parler, puis l'entraîna dans leur maison et monta les escaliers.

— J'aime t'avoir dans mes bras.

Dans leur chambre, il la mit doucement sur ses pieds. Elle oscilla instantanément, puis courut vers la commode sur laquelle se trouvaient un pichet d'eau et une cuvette.

— Oh, non ! s'écria-t-elle, avant de se pencher sur le bol et de rejeter son repas.

En deux pas, Lorenzo était derrière elle, passait son bras autour de sa taille et la soutenait. Malgré le fait qu'elle était souffrante, il ne pouvait pas réprimer son sourire. Sa douce petite femme lui offrait le plus beau des cadeaux.

De sa main libre, il lui versa un verre d'eau.

— Je suis désolée. Je ne sais pas ce qui ne va pas. Peut-être que la viande que j'ai mangée était avariée.

— Bois.

Elle prit une gorgée d'eau, se rinça la bouche, puis la recracha.

— Je vais mieux. Je suis désolée que tu aies dû voir ça.

La main de Lorenzo glissa sur son ventre de manière possessive, et ses lèvres s'approchèrent de son oreille.

— Ma douce, je serai là à chaque fois que tu auras besoin de moi. Et maintenant que nous pouvons être relativement certains que tu es *enceinte*, nous avons une décision à prendre.

— *Enceinte ?*

Bianca sursauta et se tourna vers lui.

— Oui, mon amour. Il ne peut y avoir d'autre raison à ta maladie. Et si tu as besoin d'une preuve supplémentaire : tu n'as pas une seule fois rejeté mes avances au cours des dernières semaines et tu n'as pas annoncé que tu avais tes règles.

— Oh, mon Dieu !

Elle se regarda, appuya sa main sur son ventre, puis releva les yeux vers lui, le regard émerveillé.

— Un enfant.

— Oui, notre enfant. Mais nous devons...

Elle lui prit la main.

— Lorenzo, est-ce que ce sera un vampire comme toi ou un humain comme moi ?

— C'est à toi d'en décider.

Bianca lui lança un regard confus.

— Mais comment ?

— Si tu décides de vouloir un enfant humain, tu n'as rien à faire. Mais si tu décides que tu veux un enfant mi-vampire, mi-humain, car il ne pourra jamais être entièrement vampire, tu dois boire mon sang pendant que l'enfant est dans ton ventre. Tu as jusqu'à quatre mois pour décider.

Voudrait-elle un enfant en partie vampire ? Lorenzo savait ce qu'il voulait.

— Qu'est-ce que tu veux ? demanda Bianca.

— Ce que je veux n'a pas d'importance. C'est ta décision. Ton choix.

Il ne voulait pas l'influencer avec sa propre préférence, alors il ne l'exprima pas.

— S'il est à moitié vampire, sera-t-il blessé par le soleil ?

— Un enfant mi-vampire, mi-humain sera capable de marcher dans le soleil et dans l'ombre, ayant les traits et les forces des deux espèces. Il sera plus fort que l'une ou l'autre.

— Mais va-t-il vieillir ?

Il comprenait son inquiétude et était heureux de pouvoir l'apaiser.

— Oui, l'enfant grandira et vieillira comme n'importe quel enfant humain. Mais dès qu'il aura atteint la maturité, il cessera de vieillir, tout comme l'âge d'un vampire est gelé au moment de sa transformation.

Bianca acquiesça, réfléchissant manifestement à ses paroles. Puis elle le regarda, ses yeux allant jusqu'à son cou où sa veine palpitait de façon incontrôlée. Elle se lécha les lèvres.

— Quel est le goût du sang ?

Le cœur de Lorenzo fit un bond.

— Tu es sûre que c'est ce que tu veux ?

Elle hocha la tête.

Il l'attira dans ses bras.

— Tu ne sais pas ce que cela représente pour moi. Personne ne m'a jamais accepté comme tu l'as fait. Et maintenant, savoir que tu es prête à ce que notre enfant soit à moitié vampire, fait de moi l'homme le plus heureux du monde.

— Je t'aime, Lorenzo, murmura-t-elle en se rapprochant de lui. Fais-moi l'amour et laisse-moi boire ton sang.

Et il n'y avait rien d'autre qu'il aurait voulu faire à cet instant.

À PROPOS DE L'AUTEUR

De nationalité allemande, Tina Folsom vit depuis plus de 30 ans dans des pays anglophones. Elle a d'ailleurs épousé un Américain et s'est établie en Californie en 2001.

Elle a toujours été attirée par les vampires. Depuis 2008, elle a publié 50 livres en anglais et plusieurs dizaines dans d'autres langues (français, allemand, espagnol et italien). De plus, elle fait actuellement traduire l'ensemble de ses livres en français.

Tina apprécie recevoir des commentaires de ses lecteurs. Pour cela, vous pouvez lui écrire à l'adresse électronique suivante:

tina@tinawritesromance.com
https://tinawritesromance.com

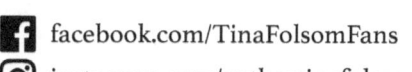 facebook.com/TinaFolsomFans
instagram.com/authortinafolsom

www.ingramcontent.com/pod-product-compliance
Lightning Source LLC
LaVergne TN
LVHW041848070526
838199LV00045BA/1497